■ 洪江里 세 번째 시집

바람 부는 언덕에서

홍 강 리

❀ (주)이화문화출판사

차례

품삯을 받을 적마다
봄옷이며, 여름신발은 물론
겨울 털목도리를 사들고 오는 아빠를 기다리는
아이들보다도,

나 태어나기 이전부터
문 밖에서 기다려 준 것은
하늘의 별이었다.
어찌 가족만 날 기다렸으랴.

본문 '별' 中에서

Part 1

꽃피는 문지방

오죽 烏竹

- 재환에게

야산의 오죽 몇 대
뜰에 옮겨 심었더니
뿌리는 마른 땅에 고이 스며 꿈이 되고
검은 줄기 청댓잎이 찬바람에 흔들려도
이 겨울 지나고 나면
봄을 다시 맞을 터,
견디고 이겨봐라
바위인들 못 뚫을까
그 기운 높이 사서 칭송하는
옛 적 음성
도란도란 들려오는 달밤 같은
목소리로
새벽은 벌써 와서 머리맡에 앉았다.
오죽 품은 뜻을
네 안에 곱게 길러
푸른 뫼는
먼 산으로
긴 강은
맑은 물로
솟구치고 흐르라.

달뜨는 소리

—서윤에게

양력 경인년 정월 스무아흐레 날은
음력 기축년 섣달 보름,
나뭇가지마다 새 기운을 예비하고 있는
저녁 일곱 시 삼십 분,
한 솔기의 구름도 없는 하늘엔
별들도 성경을 암송하며
땅의 평화를 기도하고,
냇물은 겨울을 벗어 둑에 널어놓고
먼 길을 떠나는 시간,
곱고도 찬 눈빛을
어미 숲에 감춰둔 채
달뜨는 소리보다 네 첫 울음이 높았느니,
어찌 숨 가쁘지 않으랴마는
이제 네 발자국 지상에 자욱 디뎌
읽고 써야할 세상을 살결처럼 가다듬어
단 하나뿐인 길을 열고
길가에 샘을 파서
뒤에 오는 인적을 따르게 하고
마른 목을 축이게 하라,
그것이
새봄 달 밝은 보름에 태어난 네가
모름지기 뿌려야 할 씨앗인 것을……

동양란

- 단영, 자영에게

친구가 보낸 동양란이
맏딸 단영처럼 점잖다
햇살 고운 창가에 앉혀놓고
커튼 열어 푸른 하늘을 퍼다 주면서
둘째 자영이 미소만한 꽃이 피기를
기다리던 봄 날
번개를 밝혀 이슬비가 한나절을 내리더니
붉은 꽃 대궁이
재환이, 서윤이,
재린이, 서인이, 서우의 젖니만큼 삐져나왔다
몇 번씩 귀를 대고 숨소리가 온전한가를
살피던 날 아침
드디어 소심 다섯 떨기 꽃대 위에 올라서서
쉬지 않고 주문을 외다가
머리에 이고 있던 향낭을 여니
세상은 온통 환한 기운으로
다시 열리는 서방정토,
단영, 자영이가
우리 내외를 그리로 이끄는구나.

아이들 놀이

흙장난하는 아이들의 웃음소리를
땅에 묻으면
채송화가 피어날 거야.

공기놀이하는 아이들의 손놀림에
풍선을 쥐어주면
날아오르는 파랑새가 될 거야.

고무줄 놀이하는 아이들 노래 소리에
색칠을 하면
푸른 하늘의 뭉게구름이 될 거야.

숨바꼭질하는 아이들의 발자국에
바람 한 닢 앉히면
산 너머, 산 너머서 깃발로 나부낄 거야.

소꿉놀이하는 아이들의 밥상에
풀잎 하나 놓아주면
바다가 먼저 와서 파도를 일렁일거야.

그 다음은, 그 다음은 우리 모두
꽃이 되고, 새가 되고, 구름 되고 바다 되어
세상에서 제일 큰 그 무엇으로 휘날릴 거야.

산에서

산 속에서 겨울을 보내고
봄을 맞는다.

겨우내
묏등에 쌓인 눈이 아지랑이로 녹고

뭉게구름이 피어올라
흡사 목화솜을 널어놓은 듯,

만삭의 둘째 딸애도
봉우리에 구름 내려앉아 노닐 듯이

그렇게 수월히
출산을 하고

녹는 눈이 아지랑이로 되살아 하늘에 오르듯
질 고이 눈 뜨는 목숨 곁에
뭉게구름 같은 평화가 눕기를,

멀리 떠나온 후로

시간, 시간 청주를 바라보던
이 아비의 간절함을

자연이 먼저 알고
한계령의 구름으로
그걸 보여 주는구나.

아내처럼 오는 눈

아내처럼 눈이 온다.
스물다섯의 순결로 하이얀 드레스를 넘실거리며
내게 시집 온
그날의 신부처럼 눈이 온다.

눈이 오는 밤은
잠이 오지 않는다.
곁에 누운 아내의 숨결이
눈 위의 찍힌 발자국만큼 깊어가는
설야,
고요한 나무들이 하늘의 이야기에 귀 기울이듯이,
잠도 오지 않는다.

시인도
화가도
더 맑고 높은 세상을 위해
눈 쌓인 능선에 꿇어앉은 심정으로 기도할 게다.

하늘에 오르게 하소서. 하늘에서 눈이 되어 땅에 내리게 하소서.
산과 들을 덮고,
길과 도시를 덮고,

출세의 욕망을 덮고,
아린 기억을 덮어도
고운사랑 하나는 그대로 남겨두고
마지막으로 이 땅을 위한 축복이게 하소서.

그 누구의 발자국도 남겨 있지 않은 눈 위에
아내가 살고 싶어 하는 맑은 별 한 개를 살고마니 올려 놔 주고
머리맡에는
잠 속에서도 어둡지 않게 촛불을 밝힌 다음
동산에 떠오르는 둥그런 보름달을 장만하여
꿈속으로 밀어 넣어주고 싶다.

자정이 넘어서야 눈발은 끝나고
무거워진 지구는
조금씩, 조금씩 새벽으로 녹으면서
먼동이 틀 무렵,
이젠 아내의 머리맡에 타고 있는 촛불을 꺼야 하리.
꿈속에서 따뜻해진 보름달도 다시 하늘로 올려야 하리,
눈보다 찬란한 아내의 아침을 위해,

아우에게

그 모진 겨울을 보내고 나니
지금은 꽃 피고 새 우는 사월이다,
너는 어디서
꽃을 보며
묏새 울음을 받아 눈빛을 닦고 있니?

어느 해 늦은 겨울,
너는 혼신을 다해 내 집을 짓고
다시 봄이 되어 울을 치고
파아란 휘파람을 불면서
정원을 만들고 꽃을 심었지,

그 때, 인영이는 네 휘파람 소리에 머리칼이 날렸고
준영이는 알루미늄 꽃삽 같은 하이얀 앞니를 틔워냈던 걸
기억하고 있니?
애써 기억은 날렸어도
손금 안에 가둬둔 사랑이야 고스란히 남아 있을 텐데
넌 지금 뉘 집의 불빛으로 시린 몸을 덮고 있니?

너 어릴 적에 별세하신 아버지는

눈 감으시는 순간까지 놓지 않으셨던 인연의 끈이
바로 너였던 걸 알는지 모르지만
'이 녀석 늦둥이라 부모 사랑 다 기워 입혀도 모자랄 텐데,'
하시던 말씀을 나는 잊을 수가 없구나,
아버지의 탄식을 들은 형과 누나는
등에 업힌 어린 너의 그 때를 가슴에 안고
지금껏 살아왔다.
환갑이 다 된 너지만 우리 형제자매에겐 말랑말랑한 숨골일 뿐이다.

이 봄이 기울기 전에 이젠 돌아 오거라,
반나절어치 짧은 인생이라 하지 않더냐?
모여앉아 사랑의 장작불을 피워야 하지 않겠느냐?
부모님의 기침소리 아직 생생한 고향을 추억하며
쑥과 냉이와 꽃다지를 캐고
냇가의 송사리, 새뱅이도 잡아 올려 마련한 저녁상에
네 자리가 언제나 비어 있어
누님은 가을날 해지는 서산처럼 울고 계신다.

우리 가난한 육남매가 한 이불에 언 손을 녹이면
그때가 언제나 명절날이고

그 곳이 고향이지 않았느냐?
비록 가난할지라도 네가 있어 우리는 부자였는데
지금은 부유한데도 마음은 홑겹이라
너를 위해 비워 둔 빈 밥상에는
놋수저 한 벌만 눈물에 반짝이고
가득한 술 한 잔엔 이슥토록 별이 진다.

술잔에 지는 별이 다시 고운 해로 떠오르는 내일은
너와 함께 비새는 지붕을 고쳐보고 싶다
내 사랑하는 아우야.
이젠 돌아오너라.

화분

여행을 끝내고 돌아 온 날
화분의 꽃들이
모두 시들었다.
황급히 물을 주고 나서도
안쓰럽고 미안한 마음 가시지 않는다.
그 때 문득 딸아이가 떠올랐다.
세 살배기를 할머니 손에 맡겨두고
우리 부부가 3박4일 여행을 한 적이 있다.
사흘 내내 먹지도 않고 고양이 잠을 자다가 울기만 했단다.
여행을 마치고 돌아 온 어미 애비를 보는 순간
까무러치던 딸아이,
어르고 달래며 손발을 주물러 준 반시간 뒤쯤에야
아이가 눈을 뜨고
웃는 듯, 우는 듯한 표정으로 엄마 품에 안겨
또 서럽게 흐느끼던 세 살 된 딸아이에 대한 죄스러움을 내려놓고
물끄러미 화분을 보았다.
그 때의 딸아이처럼
어디서 불어오는 바람의 촉감만으로도
화분은 조금씩 깨어난다.
어른이 된 딸 앞에서 지금도 거둘 수 없는
후회의 눈빛.

아내의 편지

나뭇가지에 달빛이 앉으면
설레는 조바심에 잠을 이루지 못하다가,

나뭇잎에 별 내리고
가지 끝에 바람 솟으면
뿌리는
항아리 속 같은 깊은 잠에 빠집니다.
꿈같은 바람이 흔들립니다.

줄기에 스미는 이슬로
뿌리는
사랑에 젖어들 때,
새벽 강이 고요를 벗으면
아내가 보낸 편지
그 때서야 돌아옵니다.

바람처럼 부서진 채
내게로 돌아옵니다.
잉크가 날아간
하이얀 백지로 돌아옵니다.

눈물

비 갠 날 아침
빨래 줄에 널어놓은 울 엄니 무명 치마에
구멍 난 눈물방울이 서럽고,
보릿고개를 넘지 못하고 돌아가신
할아버지 제사를 위해
살강에 묻어뒀던 놋그릇 한 벌
뽀얗게 닦여
속까지 훤히 들여다보이는
청빈이 서럽고,
눈깔사탕 하나 없이 빈손으로 장에서 돌아오시는 할머니의 그림자가
저녁놀보다 허무했다.
한나절 동안 소란스럽던 푸른 하늘은 사립문을 빠져나가고
누렁이 울음소리로 배고픔이 일렁거리던
저물녘
바구니에 담아 이고 오시는 어머니 발자국 무게가
호수처럼 고여 있을 뿐
땅거미에 싸인 우리 집에는 불이 켜지질 않았다.
그 어둠을 향해 불러보는 어머니,
지금은 어느 기슭에 분홍 꽃으로 피어나 있을까.

인연

우린 늘
누군가는 남고
누군가는 떠난다

강물은 또 얼마나 흘러가고
산은 또 얼마나 늙었는가

도시로 강물을 타고 흘러간 딸애가
남긴 건 어린 날 신던 신발 한 켤레

내 눈물은 거기 고여서
세월보다 덧없는
호수가 되었다

물결 출렁거리는 어스름 녘
딸애가 분신을 태우고
노를 저어 물결을 접으며 올 때,
나는 뭍이 되지 못한 회한을 안고
스스로 딸애의 물속에 가라앉았다

그렇게 우리 가운데

하나는 남고
하나는 신발 한 켤레를 남긴 채 떠난다

함께 있지 못하고 떠난 이후론
눈물의
이쪽과
저 쪽에서
그리워할 뿐
만남이 없다.

물총새

양지말 넘어가는 황토 벼랑에
물총새, 물총새 굴이 있었다.
짙푸른 물감 흠뻑 뒤집어 쓴
참 고운 물총새,
어른들은
이웃 마을 연분이 누나 죽은 영혼이라 했다.
대학생 형의 앞가슴에 수련으로 피고 싶었던 연분이 누나는
살아서 참으로 고운 모습이었는데
죽어서도 날아다니는 수련화가 되었다.
해 설핏한 어스름 녘에는 황혼 한 다발 물고
황소 눈빛만한 구멍을 기어들어가
새끼 두 마리 따뜻하게 덮어주는 오순도순 가족으로
밤마다, 밤마다 푸른 꿈을 꾸며 살았다.
나도 물총새처럼 살고 싶어
푸른 이불을 덮고 물총새 꿈을 꾸며
아침마다 물총새 노래를 부르면서
물가 바위를 오른다.
아내와 나는 이제 물총새로,
물총새 알에서 나온 그 파란 물총새를 키우며 산다.
하늘과 지붕과 뜰이 온통 파랗다.

살아온 나날의 파아란 풀빛을
지우개가 문질러 간 자리엔
치러야 할 죗값만 먹빛 바위로 솟아 있구나.

할머니

재래시장 입구에 무허가 좌판을 차려놓고
냉이, 시금치, 유채 나물을 팔고 있는 할머니는 고샅길 같은 옷을 입었다.
이른 봄의 추위가 할머니의 어깨에서 파릇파릇 돋아난다.
나물 그릇에서는 사전에도 없는 시어들이 쉬지 않고 들녘을 노래한다.
할머니는 고향처럼 늙은 손금을 햇살에 말리면서도
무뚝뚝하기가 고구려 같다.
아마도 냉이와 함께 그 표정까지 누군가가 사주기를 바라는 눈치,
그러나 손님을 불러들일 생각은 일절 없다.
안 팔려 그냥 집으로 가져 가
맛있게 무쳐 아이들과 함께 먹기를 소망하고 있는 건가.
한나절이 기울었건만,
풋것들은 그냥 그대로 저희들끼리 푸르다.
낙엽 한 장의 몸무게도 힘에 겨운 듯 기척마다 신음이 따르는 할머니,
시래기나물로 점심을 마친 다음,
먼 산을 바라보며 무어라 애원하는 말끝이 서럽다.
―이승에서 밥 굶던 자네,
저승에서는 따뜻한 밥술이라도 배불리 먹고 지내는지……
먼저 간 자식의 그림자보다 더 스산한 서풍이 몰려오고
검은 구름이 밤보다 어두운데
집으로 갈 노자는 있는 건지,
할머니의 뜨거운 눈물이 이마에 진다.

달월재 達月齋

달에 이르고자
구름 타고 바람 저어
달에 이르고자,
젖은 새벽 소매로 받고
맺힌 이슬 가슴에 채우며
달에 이르고자,
세상 모습 아래에 두고
노을 접어 머리에 꽂고
달에 이르고자,
어둠 걷어 나무 아래 세워두고
등불 하나 손에 들고
달에 이르고자,
달월재에 사는 뜻이
바람, 구름, 달처럼
흔들리며 이르고자 함이네.

꿈

점
하나
고운 빛깔
영롱한 별로
그대는
내 안의 그믐밤을 밝힌다

선
한 줄
아롱 펴면
꽃밭이 되는
먼 나라 동화,
눈 감아도
그대는
내게로 날아오는 나비가 된다

밤마다 별들은
날개를 돋워
수만 리 창공을 내려와
푸른 입김 환하게

창문을 닦고
맑게 씻긴 은 접시에
빨간 사과 한 덩이 놓고 나간다

새벽까지
내 목숨이 남아 있는 건
사과 하나
그 자리에 다시 놓여서
빨갛게, 빨갛게 꿈으로 익고 있기 때문.

비

우리 집 헛간 한 구석
수십 년을 그냥 그 자리에 놓여 있는
노다지 캐러 광산가시던 조부님 허름한 등짐 위로
비가 내리고,

우리 집 텃밭에는
할머니 장롱 속 은비녀 빛으로
비가 내리고,

집 앞의 수로 길에는
아버지 자전거의 녹 쓴 바퀴살로
비가 내리고,

시렁에 메주를 올려 거시는 어머니의
흰 머리칼이 흘러내린 주름살에도
비가 내리고,

추억의 얼굴에 저녁놀이 일렁거리는
아내의 꽃고무신에도
비가 내리고,

이제 우리 집 문지방에는
아이들 십 년을 내다보는 내 눈빛에서
비가 걷혔으면 좋으련만,
문지방에도 꽃은 필 수 있으니,

별

재 너머 학교 쪽을 바라보며
초등학교 신입생 어린 손자를 기다리시던
할머니보다도,

난생 처음 집을 떠나 입대한
육군 일병을 기다리시던
어머니보다도,

된장찌개에 열무 겉저리로
저녁상을 차려놓고
보채는 어린것들 달래면서
하루의 힘든 노동을 끝내고 돌아 올 남편을 기다리는
아내보다도,

품삯을 받을 적마다
봄옷이며, 여름신발은 물론
겨울 털목도리를 사들고 오는 아빠를 기다리는
아이들보다도,

나 태어나기 이전부터
문 밖에서 기다려 준 것은
하늘의 별이었다.
어찌 가족만 날 기다렸으랴.

족보

족보 표지를 자꾸자꾸 갈아 끼우는 일로
할아버지는 평생을 사셨고,

할아버지의 이름 앞에
한 마디라도 더 나은 찬사를 올려놓기 위해 아버지는 평생을 사셨지만,
나는 나의 필명을 박리다매하는 일로
평생을 보냈는데,

내 아이들은
더 높은 집에서
세상을 내려다보고 싶은 욕망으로
평생을 살 것만 같다.

그러나, 그러나
길가에 핀 풀꽃에,
눈 덮인 설원에
침을 뱉을 수 없는 마음으로
살아주기를 성경에 손을 얹고
기도를 올리는 오늘의 심정은
또 무엇을 위한 것인가.

Part 2

강원도의 자작나무

자작나무 · I

푸른 솔 속에서 오히려 빛나는
강원도의
자작나무,

골짜기에 내려서서 수평선을 바라보고 있는 조선의 민중들,
몸에 걸친 것도 하나 없이
맨살에 젖어 있는 달빛 그을음만으로
이 추운 겨울을 어찌 날까,

차가운 북풍을 한계령이 막아주고는 있다 해도
한없는 그리움을 동해의 파도가 달래주고는 있다 해도
남은 기나긴 세월, 배고픔을 어찌 참고
이 추운 겨울 무사할 수 있을까,

설령 추운 겨울을 견뎌낼 수 있다한들
갈무리해 둔 옷 한 벌 없는 처지에
부끄럼 없이 어찌 봄을 맞을까,

그러나 자작나무,
강원도의 돌들을 생각해라

닦이고 닳고 문질러져도 스스로를 반드시 지켜서
매끈하고 단단한 정신으로
한 톨 모래알이 될 때까지 외롭게 남는
빛나는 강원도의 돌들을 생각해라,

네 벗은 몸에
파도는 짭짤한 소금끼를 얹어 상처를 매만지고,
묏새는 노래하여 네 부끄럼을 덮어주고,
놋 빛 바위도 네 슬픔을 나눌 것이니,
어찌 강원도의 숲이 될 수 없겠는가,

눈 쌓인 고향 뒷동산을 넘던 가난한 새벽처럼
자작나무,
너를 넘어 타향살이에 사내를 만나
육남매를 낳고,
그 자식들 다 공부시켜 번듯한 사회인으로 키워 앞장세우고
이웃사촌들 모아 칠순 잔치를 하던 귀임이 어멈도
네 처지보다 낫지 않았느니,

가난으로 떠나던 그 때의 새벽을 머리에 이고 돌아온 지금은

온 마을의 꽃이 되는 이, 귀임이 어멈 같이
너도 인젠 멀리서도 훤한 강원도의 숲이지 않은가.

푸른 솔 속에서 오히려 빛나는
강원도의
자작나무.

자작나무 · Ⅱ

숙부가 제대하고 집에 와서
국방색 큰 가방을 열고 맨 먼저 꺼내 놓은 건
베니어판에 풀칠된 헝겊을 발라 씌운 걸로 표지를 만든
추억록 한 권,
솜씨 좋은 습작화가가 외국 풍경 같은 유화를 그렸는데
참 희한했다.
자잘한 이파리가 바람에 흔들리는 나무들의
밑 둥이며, 줄기며, 가지가 온통 굴참나무 색깔이 아닌
흰색이었다.
초등학교 일학년인 나는
처음 보는 하얀 나무가
참 우스웠다.
뒷동산에 올라가
나무들을 아주 자세히 관찰했다.
아무리 보아도 흰 나무는 없다.
참나무, 소나무, 오리나무의 색깔은 다 흰색이 아니었다.
공연히 우울하고 허전했다.
어른께 갖다 바쳐야 할 아주 소중한 그 무엇인가를 잃어버린 듯도 하고
꾸중 들을 큰 잘못을 저질은 듯도 하여,
조마조마하고 아슬아슬했다.

용서를 빌기라도 할 양으로 산에서 내려와
숙부에게 다가갔다.
그러나 어떤 말도 할 수가 없었다.
하늘 아래 가장 외로운
한 그루 하얀 나무는 그림 속의 형상이 아니라
나 자신이었다.
하얀 나무로 태어나선 안 되는 것을,
잘못 태어난 나를 뉘우치면서
아주 우울하게, 참으로 허전하게 뒷동산으로 다시 갔다.
역시 흰 나무는 없었고
푸른 하늘만 고왔다.
나는 서러워 나무 밑에서 울다가 잠이 들었고
살갗이 하얀 누군가의 얼굴 위로
파란 꿈이 한 줄기 소나기처럼 쏟아졌다.

한계령

한계령 골짜기에
삼 대째 피붙이가 도시락에 밥알처럼 담긴 듯 살아가는
너새집 서너 채,
목화눈이 진종일 쌓이는데,
감자를 굽고 있나
피어나는 굴뚝 연기

처녀 시절 남몰래 주고받던 사랑 편지를
젊은 아낙 가슴 조리며
아궁이에 태우고 있는지도 몰라

인간사 타지 않는 게 있을까,
사랑도 결국은 타고 마는 것,
입술과 가슴을 달구던 사랑도 타고난 후에야
살과 맘을 따로 골라내
눈물에 묻어둘 수 있는 것,

한계령 묏등을 쓸고 가는 바람이
세밑에도 얼지 않고 살아 있어 좋네만
저 속에 묻혀 사는
인간의 아픔은 누가 있어 보듬을까.

강릉 선험 先驗

대관령을 넘어
물결 만 리
푸른 동해안을 찾은 연유는,

강릉을 거쳐 가신 내 선조 한 분이
나그네로 하룻밤을 묵어 대접받은 은혜에 보답하여
시 한 수 지어 주시며
'내 이 담에 꼭 들르마.'하신 약속을 지키지 못하고
하계를 떠나신 후,
저승에서도 실언의 무례를 안타까워하시다
나를 마음으로 이끄셨기 때문인 듯,

연고도 없는 땅에 한 뿌리 그리움을 호젓이 심어놓고
맑은 날, 햇볕 창창한 동쪽을 보면
자꾸만 그리워지던 까닭을 이제는 알 듯도 한데,
선조께서 남기고 가신 시 한 수는
강릉 어디 뉘에게서 찾을 수나 있을까,

경포의 물새들이 들고 나는 궂은날
경관마다 자리 잡은 골골의 암자에서

솔향기는 풍경風聲으로 산지사방 울려 퍼져
밤 깊어 저무는 잠도 쉬 오지 않는 자정,
뜻밖에도 해변에서 어머니 음성 들린다

젊은 아낙 시절부터
가을에는 농사로,
겨울에는 행상으로
고샅고샅 다니면서
살림을 보태시던 어머니가
어찌 예 해변까지 오셔서 과일을 팔고 계시는가,
팔고 남은 녀석들을 광주리에 이고 와서
선조와 자식이 신세진 땅에 내려놓고자 함인 게지,

이제
강릉에는 나 혼자가 아니라
내 전생과 함께 묵고 있음을 비로소 알겠다.

노을

대관령에 해 지고 있다
노을이 서럽다

하 많은 나날 바다를 향하고 있는 산비탈에
인적이 없어 서럽다

망해정 한 채 세웠더라면
바다가 그리운 무명시인들이 낮은 바람처럼 다녀갔을 걸,
살핌이 없음이 또한 서럽다

사람이 서러우니
자연도 서러워
세상사 손을 놓게 하는 오늘,
노을 지는 서녘이
불같이 서럽기만 하다

대관령에 저녁 해 지고 있다
노을이 나이처럼 서럽다.

장가계 張家界 · I

산은 죄다 계림으로 날려 보내고
봉우리만 그 자리에 수만 송이 남아 있다.
골짜기를 보려하면 안개가 가로막고
숲을 보려하면 바위가 몸을 틀어
속세인지, 선계인지
구별 없는 변화불측,
장자방의 그 지모가 현세에도 있닷말까,
아마도 한신이 함께 왔다면
같이 살자 했을 것을,

자연이 저리 되었으면
사람도 그같이 살지,
대국이여, 그 예부터 동방에 군침은 왜 그리 흘렸는지,
공산주의는 뭐고, 동북공정은 또 뭔가,

신라의 별을 보던 경주의 첨성대가
동행한 적 없는데도
나보다 한 사나흘 먼저 달려와
입구에 의젓이 서 있는 모습 두루두루 보았을 법한데
마음으로 이를 알고 반색하는 이 없어도

대륙을 탐내서 언제 누가 훔쳐내고자 했는가,
거짓을 지어 보이기라도 했는가,
다만 사람이 적고, 땅이 좁아 부러워는 했었지만

이제
수천 년 역사 위에 겹쳐 입은 속세를 벗어라,
저 높이,
이 깊음을
인간의 힘으로 안고자 하지 말라,
한국의 가을 하늘을 이불로 덮고 잠들기를 욕망함과
뭐 다르랴

나는
이 담에 다시 오면
한 그루 소나무로 늙으면서 지켜보고 싶을 뿐,

장가계 張家界 · Ⅱ

화가여, 그림을 그리지 말라
저 봉우리
이 산상 호수
어찌 다 그리려,

역사며 일화며
설화,
그를 어찌 다 그리려,

노래하는 이여, 고요만이
악장임을,

시인이여,
느끼고 돌아 온 엿새는
하느님을 향해 묵상으로 지내고
이레째 되는 날
드디어
원고지 끝 칸에 찍은
마침표 하나로 족하리.

장가계 張家界 · Ⅲ

중국 섬서성 고샅 장가계는
통하는 길이 없다.
자연과 문명이 비켜 앉은
억만의 침묵이 굳어서 만들어진 섬,
지구인들이 찾아와 놀다 가는
수직의 공간,
가을이 없는 화려한 유역이라
꽃이 피어도 열매가 없어
장가계의 새들은
노래하지 않고, 짝짓지 않고
순결하게, 순결하게 죽어서 하늘로 오르려 한다.
아직 발견되지 않은 미지의 대륙,
그 침묵만 있고
형상이 존재하지 않는
거대한 전설의 땅이다.

대관령

대관령으로 해가 진다
진종일 뜨겁게 타오르고도 남은 하루가
연기로,
노을로,
바람으로 다시 일어나
세상의 눈물과 어울려
흙에 스며
뿌리가 되고자 한다.
나무가 되고자 하고,
숲이 되고자 하고,
긴 겨울밤의 아랫목이 되고자 한다.
사랑의 불쏘시개가
벌목꾼보다 더 실한 장작을
굴피 집 아궁이에 불태워
구들을 덥히고 남은 화력으로는
보글보글 된장을 끓인다.
마주앉은 밥상머리
내외가 살갑다
동치미 사발에 빠지는 눈웃음,
오늘밤은 환한 어둠을 위해
등잔불을 꺼야 하리.

파도 · 1

파도가 흔들어 주는 눈부신 손수건을
모래에 묻고 돌아서서
고향으로 가는 열차를 탔다.
차창을 물들이던 저녁놀을
새떼들이 날개에 품어 가고

어느새 별들은 가볍게 흔들리며
늦은 저녁 기다림처럼 꽃잎에 지는데,
여행용 가방을 열자
묻어두고 온 파도가 한꺼번에 쏟아져 나왔다.
하이얀 레이스가 달린 옥색 원피스를 입었던 파도는
어느 미망인의 추억처럼 검은 색 투피스로 갈아입고
내 무릎에 앉아
파도 소리를 내면서 실려 가고 있었다.
거기 통곡처럼 불빛이 쏟아졌다.

파도 · 2

파도가 자꾸만 덤벼들면서
버리라, 버리라, 버리라한다
구두를 벗고 수평선을 오르고 있는
나에게
파도는 자구만
버리라, 버리라, 버리라한다
양말을 벗고 섬 위를 걷는
나에게
파도는 자꾸만
버리라, 버리라, 버리라한다
시계를 풀고 가방도 내려놓고
버릴 건 다 버렸는데도
파도는 자꾸만 버리라 하여
수평선과 섬까지 눈빛 밖으로 쫓아내고
별빛을 밟으면서 돌아가는 길에서
파도처럼 떠다니는 섬이 되고서야
바다를 가지게 되었다
바다에 내려앉는 달빛이 되었다.

푸른 산

갈매 빛 옷섶 여며
창공에 머리 헹궈
호수의 은물결 고이 접어 가슴 안은
명성산 갈대밭,
지는 놀을 갈무리 하여
푸른 산 높이 올려 하늘에 오를런가,
둘러 살펴 다시 봐도
만고의 은혜이니
한 잎 풀로 나서 백년을 예서 산들
누구라 떠나고 싶겠는가.
오는 이 탄식하여 절로 숨이 멎을 명승
속세를 벗어나
이 땅의 흙이 되어 풀꽃이라도 피어보고 싶구나.

Part 3

바람 부는 언덕에서

달빛

내일이 보름인
열나흘 밤에는 언제나
목욕을 한다.
하느님을 만나기 위해,

잎새마다 달빛으로 떠오르신
하느님은
세상 어디서든지
만날 수 있는 분,
그러니 다정한 벗이여
자네가 밝은 보름달 아닌가.

나를 위해서
장미 한 송이로,
연꽃 한 다발로,
민들레 한 접시로
웃고 계신 하느님,
보름날 둥근 달로 떠올라
밝은 빛이 되어 주시는
우리 하느님.

나 아닌 모든 분들이
밤길을 밝히는 나의 보름달이시니
나는 달빛을 따라가리.
그가 외치는 소리에 귀 기울이고
그가 내미는 손 따뜻하게 마주 잡고
그의 표정에서 세상을 읽으며
버려진 뒷골목에 눈 감지 않고
세상을 좀 더 살아가리.

기도

주여,
내 이전의 시를 용서하여 주소서.
질척질척한 수사와
번들번들한 꾸밈으로
별과 달을 잃어버린
내 이전의 시에 죄를 얹어 주소서.

갈잎의 피리소리로도
저 강물을 건져 올릴 수 있고
모래 한 톨에서도 꽃을 피울 수 있는
시인의 간절함을 주소서.

간절한 진정이 없는 언어는 사탄입니다.
새로움이 없는 언어는 요절한 설화입니다.
바람에 흔들리는 나뭇잎,
이슬의 무게로 휜 풀잎,
태어날 생명을 위해 알몸을 땅에 묻고 죽어가는 벌레들,
모두가 자연 그대로,
모두가 가식 없는 실체 그대로의 작은 진실입니다.

주여,
나의 시어가 놓인 징검다리를 건너
넓은 풀밭에 이르러 무명에 귀 기울이고
풀 향기에 가슴 여미는
작은 진실이게 하소서,
마지막 한 올의 사악함도 용납하지 마소서,
선한 사랑을 노래할 수 없는 시는 불로써 형벌해
주소서,

주여,
진심으로 청원하노니,
내 이전의 시에 죄를 얹어 주소서.
그리하여 무명 옷자락에서 아지랑이 피어오르는
마파람 한 솔기 일게 하소서.

용서

바람을 품고 서 있는 마른 나뭇가지 앞에
내가 섰다.
가시관을 쓰고 벽에 기대서 나를 내려다보시는 예수님 앞에
내가 섰다.
세상에서 제일 무서운 굶주림 앞에
내가 섰다.
칼끝보다 날카로운 추위 앞에
내가 섰다.
나를 위해서가 아니라
추위와 굶주림에 떨고 있는
캄캄한 공포와 쓰라린 눈물을 위해
기도를 해야겠는데,
내 가슴에 고여 있는 간절한 기도를
지저귀는 새들의 아우성이 모두 물고 날아가 버렸다.
기도를 잃어버린 영혼,
그 나의 영혼 위로
괜·
찮·
다·
괜찮다 하는 말씨로 눈이 내린다.

쌓인 눈이
따뜻한 용서가 되는
이 차가운 위안

채송화

채송화는 작은 키로
평생을 산다
땅을 갈거나 고르지 않아도
씨 떨어진 자리에서 아무렇게나 뿌리를 내린다
담 밑의 어둠에 내려와 앉은
별빛들처럼
기쁨을 감추지 못하며
옹기종기 머리를 맞대고
옹기처럼 장독대에서,
종기처럼 찬장 안에서
하늘 이야기 나누는 그들의 모습을 향해
선생님! 하고 불러본다.
몸을 낮춰야만 볼 수 있는 꽃,
낮추는 법을 가르쳐 주는 꽃,
나의 선생님.

화진포에서

'한없이 맑고 높아 오히려 서러운 정경'을 뜻하는 단어를
구하고 싶은데 적절한 어휘가 없어
행여 사람들의 표정에서 그 고운 말씨를 읽을 수 있으리란
기대로 거리를 헤매다가
이전부터 가고 싶던 곳 화진포로 달렸지.
한 시대의 울음과 웃음이 파도치는 상징 속으로 들어가
맘으로 애국가를 부르고 민국의 만세를 부르고
그리고 둘레를 눈 여겨 보던 순간,
남이 써준 원고를 외워 포효하던 초등학교 시절의 웅변대회가 떠올랐어.
만국기가 내걸리고, 행진곡이 오히려 눈물겹던 운동회도 생각났어.
하늘은 어쩜 그리 높았으며
가을은 왜 그리 서러웠는지,
한 떼의 풍물패가 골목에 신명을 깔면서 앞장을 서면
그 뒤를 따르던 수많은 깃발 가운데
남이 써 준 웅변 원고처럼 어색하게
'치국평천하' '북진통일' 깃발이 나부끼고 있었어.
갑자기 높아진 파도소리에 추억을 털고 화진포를 보는 순간
반도의 인물 셋이 예 머물다 갔음을 안
어느 해 시월,
솟은 듯, 누운 듯한 솔뫼 안에
김일성 별장으로 지번地番을 얻은

그림 속의 집 한 채가 보였어.
외벽에는 해와 달의 그을음이
내부에는 역사의 먼지가 갈앉은
신당神堂 같은 곳,

게서 남쪽을 향하면 상해와 하와이를 긴장시키고
또 독립 전선도 혼란시킨
망명객 우남의 낚시터로 지목地目을 얻은 호수가
왕조의 전설 같은 깊은 침묵으로 호반의 소나무를 흔들며
월척의 의혹과 흑막을 가라앉힌 채 세루판지를 덮고 반세기를 잠들어 있는
바로 그 모양으로
프란체스카의 외투를 닮은 집 한 채가 있더군.
구약舊約 같은 곳,

신당과 구약 사이에
사랑채 한 칸,

길가로 좁은 창이 나 있고
울도 치지 않고 수수대로 엮어 올린
어부의 살림집만한,
그래서 손등에 솟은 핏줄 하나 홀로 익어가는

부잣집 곳간과 흡사한 곳,
등잔불을 밝혀 심청전을 읽는 만송의 목청에 따라
바느질손을 멈추고 박 마리아가 눈물을 짜며 감동하기에
제격인 공간,
새끼 꼬고, 멍석 짜는 머슴방이거나
굿판 같은 곳,
거기 머물다 간 남쪽의 두 번째 품석,
이승만에 대한 솔잎 푸른 절개를 지키다가 아들의 총에 죽은 만송,
역시 당신은 고만큼의 인물이었는가 봐.

여보쇼, 세 어른들, 그래 요즘 지내기 어떻소?
당신들의 나라에선 아직도 미국과 소련이
남의 나라, 남의 동네에 지번과 지목을 줍디까?
세 분의 항렬이 어찌 됩니까?
상계에 오른 순으로는 만송이 맏이죠?
셋이 앉아 나누는 화두는 주로 무엇입니까?
애틋한 고민을 나눠 가진 적 있습니까?
오늘이 마침 보름밤, 달이 뜨거든 술 한 잔 나누면서
하늘을, 땅을, 물을 한 동이에 담아 놓고
한없이 맑고 높고 오히려 서러운 정경이나 한 폭 보여주면 어떨까요?
이젠 알잖소?

이념, 권력, 영화, 영생이란 없음을,
다만 사랑으로 하나 되는 우리만이 영원함을
이젠 알잖소?
'한없이 맑고 높아 오히려 서러운 정경'의 어휘는
당신들의 이름이어야 함을
예 와서 알았습니다.

김구 선생님이
이 나라는 문화가 아름다운 나라래야 한다 했지.
청주와 강릉 사람들은 우남·일성·만송을
문화로 해석하지는 않아.
가파른 역사의 비탈쯤으로 여길 뿐,
오늘의 우리들은 이 땅에 가득히 솔향기 번지기를 기원하지.
다행이 솔밭의 송진 향으로 백범께서 살다 갔기 때문이야.
그걸 이제쯤 깨달을 때가 되었다 싶은데
아직도 현대사의 솔밭에는 백범 홀로 거닐고 있을 뿐
우남, 일성 만송 당신들은 어디로 가고 없네.
이젠 안타까운 마음으로 강릉을 거쳐 청주로 돌아가
당신들이 함께 손잡고
보름달처럼 두둥실 역사의 동산에 떠오르기를 기다릴 수밖에.

독도 애수

하얀 눈을 목도리처럼 두르고 나와
머리 높이 들고
동해 먼 밖
한없이, 한없이 독도를 바라보고 있는
한계령의 입 다문 한 마디는 무엇일까

눈 내리는
이월 중순
숨 막히게 기어오르던 산길은
간 데 없고
어디선가 부르는 소리 있어서
귀 기울여 다시 들어도 멍멍한 산울림뿐,
그건 한계령이 독도를 그리는
애타는 사모였을까

발밑에 쌓이는 눈은
육각형 순백색 빙점이 아니라
독도를 향한 때 묻지 않은 뜨거운 슬픔인 것을
이제야 깨닫고도
이 땅에 사는 사람들의 그리움이 어디에 있는가를 모르고 기어오르기만 하는 칡덩굴 같은 무지.

서둘러 하산하고픈 열망은
저 바다가 내미는 하이얀 손수건을 받아들고
독도의 갈매기 울음을 닦아주고 싶음이 아닐까

독도는,
홀로 빛나는
홀로 귀여운 독도는
우리의 젖먹이,
국토의 재롱이 아닌가.

슬픈 노래

그 봄날 장갑차가 한강을 건넌 이후부터
궁정동에서 피비린내의 총성이 울릴 때까지
공주였던 소녀는
두루미들이 떠난 빈터에 홀로 남은 왜가리였다.
백조로 분장한 왜가리는
꽃이 진 겨울 뜨락의 아스파라가스 같은 숨소리로
민주주의를 털갈이하고
유행이 지난 헌 옷을 꺼내 민중에게 흔들어 보이면서
선친의 정치,
선친의 경제,
선친의 문화를 외치던 그는,
황토 언덕에 피어나는 꽃이 되고 싶었을까
몇 년에 한 번씩 불던 계절풍을 목에 두르고
갱생과 부활을 거듭하여 마침내 민들레로 피었다.
척박한 땅에 피어난 노란 꽃이라
측은하고 기껍게 여겼을망정
한 뼘도 안 되는 좁은 뜰에
민들레를 꽃 피워 자랑하고 싶은 사람 뉘 있었으랴,
채송화도, 백일홍도, 창포 꽃도 아닌
모란이나 철쭉은 더욱 아닌
민들레를 정원에 가꾸고 싶은 이 많지 않을 터,

살구나무에 어느 날 불현듯 날아온 짭짤한 바닷새는
민들레를 보면서 곰곰이 깊은 생각에 잠겨 있다가
외로움을 입에 물고 떠나간 뒤론
참새 떼가 그 자리에 날아와 앉아
흑갈색 독성을 흥건히 배설했다.
거름이 되려니 싶던 턱없는 소망은
피던 채송화만
한 뿌리씩 죽여 놓고
씻어 줄 비도 오지 않는 긴 가뭄에
한 여름을 보냈으니,
봄꽃도, 여름 꽃도 피우지 못한 터에
어찌 가을을 기대할까마는
태산준령 저 너머를 더듬으면서
바람이 없는 낮은 데로 내려가
혼자만의 약속을 허공에 날리며
가슴으로 활활 불을 붙였다.
우주의 기운을 유체이탈 화법으로 되 뇌이며
저녁놀은 구름 뒤로 숨었고
태양은 마침내 함지에 지다.
무엇이라 이름 붙일 희망이라도 있는 건가.

결국 민들레가 피던 땅엔
유럽산 말 무덤이 올라앉아
북유럽의 바람처럼 말발굽소리 울다 간 새벽
누군가를 저주하는 눈빛이 머리칼처럼 수북하게 빠져 있어도
냉수 한 사발의 침묵 너머로
오늘도 해가 떴다.
진실로 저 세상은 있는 건가.
민중이 진실인 것을 안 오늘이
촛불보다 서럽다.

분단 여운 分斷 餘韻

고향에 가서
할머니 그림자가 서성거리는 밭둑에 앉았는데
예전처럼 냉이 냄새가 없다.
참나무 진을 핥으면서 병정놀이하던 사슴벌레는
모두 어디로 갔는가,
지금 자라나는 아이들은
송사리가 물고기인 줄도 모르니
누군가가 내 고향을 가방에 담아들고
멀리멀리 떠나가 버렸는가 보다.
검은 가방을 든 그는
어느 산속에서
또는 강기슭에서
숨겨 온 나의 고향을 모두 꺼내놓고
조롱하다 지쳐
고요히 낮잠 들어 있는지도 몰라.
고라니나 산토끼를 쫓고
메기나 쌀붕어를 낚다가
저만큼서 독화살을 뿜어내며 기어오는 까치독사에 놀라
풀어 헤친 내 고향을 미처 수습하지 못한 채
산 꿩이 우는 영 너머로 달아나

메아리로 사는지도 몰라.
내 고향은
강원도 접경지역
아무도 살지 않는 비무장지대
거기 사향노루 눈빛에서 피어나는
질 고운 산울림으로만 살고 있는지 몰라.
언제쯤이나 고향을 되찾게 될까 참으로 모르겠네, 모르겠어.
그러나 해 오르는 푸른 하늘은 내일 더욱 높겠지.

회 상

-6·25를 겪은 어느 지식인의 한탄가

사변의 총소리가 울리고 나서 며칠 만에
충청도의 두메 고샅까지 북한군의 사투리가 도리깨질을 할 무렵
마을의 뒷동산을 넘어 피난길에 오르던 젊은이에게
총을 겨누며 다가서는 인민군,
그와 마주 선 순간,
등 뒤에 서 있는 자작나무의 흰 나무껍질이 우수수 하얀 울음을 토해냈다.
"동무, 위대한 인민군에 입대하시오. 어디로 도망하려 하오?"
방금 전 어디선가 격발을 한 듯 더운 김이 모락모락 감돌고 있는
총구가 금방이라도 불꽃을 뿜어 낼 것만 같은 위기의 찰라,
"도망가는 게 아니오. 산 너머로 품 사러 가는 길이오."
곧이듣지 않는 인민군의 총부리는 가슴을 향해 점점 다가섰다.
죽음을 각오한 몸짓으로 총부리를 제껴내고 나서
"우리가 지금은 적일지 모르지만, 언제 어디서 다시 만나게 될지
아오? 한 핏줄을 타고난 우린 분명 형제요."
"자애로우신 어버이 수령님의 존엄으로 너를 인민군에 접수할 테
니 어서 앞장 서라우. 나는 황인경 군관이다. 위대한 인민군 군관
의 이름으로 너의 안전을 보장할 것이다." 인민군의 날카로운 말
끝에 꿩 한 마리 날아올라 하늘을 갈랐다.
그렇게 날이 저물고, 캄캄한 어둠속으로 떠밀려, 떠밀려 그는 인
민군에 편성되고, 포성이 잠 든 후에는 휴전선을 넘었다.
군관의 약속대로 죽음보다 못한 안전은 보장되었지만 오히려 살아

있음이 욕스러워 푸른 하늘을 눈감고 지냈다. 한강이 흐르는 남쪽 하늘을 차마 바라볼 수 없었다. '허수아비 같은 사내를 어찌 대장부라 하겠는가?' 어머니의 목소리 귓전을 때리는 통에 차마 선도산 기슭의 고향집을 떠올릴 수가 없었다.

전쟁이 끝나고, 한강물은 쉬지 않고 흘러도 그에게 강 같은 평화는 오지 않았다.

우수수 떨어져 내리던 자작나무의 그 희디흰 피울음은 이젠 붉고 아린 고통이 되어 그의 온몸을 적셨다. 우여곡절 끝에 월남한 그는 한때나마 뜻하지 않은 인민군이 되어 고향을 향해 총질을 했던 아픔 때문일까, 아니면 인민군 군관에게 잡혔던 치욕 때문일까, 짐승처럼 살았다.

전쟁의 포성이 멈추고 반세기가 훨씬 넘은 지금, 또렷이 떠오르는 것은 그 때 하늘을 가르던 꿩 한 마리뿐, 그 꿩 오늘은 남에서 살까, 북에서 살까. 세상이 점점 어두워 옴은 시류 탓일까, 나이 탓일까.

이다음 세상에서 그 인민군 군관과 젊은이는 형제로 재회할까, 적으로 대응할까.

이 끝없는 의문 부호를 어느 땅을 파고 묻어야할까.

개살구

개살구, 개복숭아, 개머루……
돌미나리, 돌배, 돌감나무……

'개'나 '돌'이나 다 천하게 붙여진 말이지만
이보다 더 눈물겨운 말이 있을까.

고향이, 어머니가, 누이가
거기
들어가 사는데
이보다 정겹고도 눈부심이 또 있을까.

개살구와 돌배를 따 먹던
어린 시절
그 고향만큼 아름다운 풍경화가 있을까.

아파트 마을에서도
봄마다 개살구꽃이 피고,
살진 돌미나리 파릇하게 커 오르는
실개천 하나 흐른다면
오죽이나 좋겠는가.

내 이름 앞에 '돌'이나 '개'를
접두사로 얹어 쓸 수는 없을까.

막차

막차는 떠났다.
어둠 속에 길만 남았다.

막차는 떠났다.
빈 역사와 나만 남았다.

끝내 막차를 탄
사랑도 떠나고
별빛만 남았다.

희미한 내 사랑의 미래지에
별이 진다.

우거진 숲마다
잠든 시간들,
갈 곳 몰라 울부짖는
이 처연한 후회에
잡초 같은 어둠만 내려 쌓인다.

새우젓

새우젓을 모르는 사람은
짜다고만 한다.

새우젓을 먹을 줄 아는 이는
달다고 한다.

사람살이도 그와 같아서
달게 사는 인생이 있는가 하면,
쓰고 맵고 짜서 찌푸리는 삶도 있다.

전장포 사람들의 인생을 삭힌
새우젓을 먹어보아라.
거기엔
바다 끝으로 혼자 지는 달빛도 어려 있고
철들어 온화해진 해풍도 머물러 있고
새우 수염에 매달린 끊어진 수평선도 울렁거린다.
곰삭아, 곰삭아서 숙성의 맛을 제대로 내는
그런 새우젓을 먹어 본 사람들은
새우젓이 달다고 한다.

천둥과 바람

꽃이
목숨을 밝히는
등불이라면,

열매가
죽어서 삶을 예비하는
씨앗이라면,

이슬이
출발을 알리는
새벽이라면,

노을이
귀로의 평화를 연주하는
음악이라면,

인생은
자유와 속박, 다툼과 화해의 산하를
넘고 건넌
한 오리 천둥과 번개와 바람이었다.

전석영 선생님

형광등 불빛을 덮고 누워
어린 날 시골집의 등잔불을 생각했고
이층을 오르내리면서
참외밭둑에 서 있던 원두막 사다리를 생각했고
파마머리에 화장한 아내를 보면서
비녀를 꽂고 설거지하던 어머니를 생각했고
컴퓨터 워드프로세스 작업을 하면서
철필로 원지를 긁어 문제지를 만들던 선생님을 생각했고
생각은 모두 과거로 날아가는 화살이 되어 추억의 과녁을 명중시키지만,
일 년 만에 헤어진 뒤로 안부조차 여쭐 수 없는
키 크고 병약하셨던
그러나 엄하면서도 인자하셨던
내 가장 존경하는
초등하교 시절 전석영 선생님이 지금 제일로 그리운 이유는
그분이 내 고모의 안부를 자주 물었기 때문도 아니고,
점심 도시락 심부름 끝에 얻어먹던 콩 누룽지 때문도 아니고
그분이 자주자주 편찮으셔서 수업을 못 하시고 책상에 엎드려 계시면서도
우리를 바라보시던 그 크고 선한 눈빛이 아직 내 가슴에 고여 있기 때문이다.
추운 겨울날이면
유난히 몸집이 작던 나를 이끌어

난롯가 낮은 의자에 앉히고는
낡은 내복 소매를 꼭꼭 여며주시며
'더 열심히 공부해서 훌륭한 사람이 되어야 한다.
글 쓰는 재주가 있으니 신문기자가 되면 좋겠는데'
머리를 쓰다듬어 주실 때,
내가 말없이 흘리던 그 눈물이 아프기 때문이다.
선생님은 분명 내 마음속에서
언제나 푸른 한 그루 소나무로 살고 계시지만
나는 한 번도 그 큰 소나무에 오를 수가 없었다.
소나무에 오르지는 못하지만
그 밑 둥이라도 어루만질 수 있으면 좋으련만,

기다림

야생의 털옷을 입고
늦겨울의 골목길을 빠져 나와
바람을 만나러 간다.

바람은 얇은 드레스를 나부끼며
바다를 건너고 평야를 지나서
아마 지금쯤은 풀밭 둑에 앉아
어느새 봄빛이 미열하는 언덕 위를 손짓하며
기다리고 있을 거야

초록 향기와 분홍 살결의 어울림이
분명 아른거리는데
들리지도, 보이지도 않아
분명 없는 듯이 있음으로
가득히 빈자리,
파아란 꿈을 촛불 켜 받쳐 들고
마중하러 나올 거야

한 묶음의 생애 위로
이른 봄눈이 떨면서 날다가

눈썹 위에서 뜨겁게 녹아
이내 눈물인 걸 보면
기다림은 눈물인 거야

감히 가슴으로 안을 수 없는
황홀한 눈물,
그 눈물 속에서 더욱 깊어가는
아아, 이 기다림의 신앙은
누구를 위해 기도해야 할 나의 본분인가

또다시 이른 봄눈은 허공에서 울다가
뜨거운 눈물로
메마른 모두를 떠오르게 할 거야.

전 설

운수업으로 대가를 이룬 그 분의 서른 세 칸 기와집에 봄날 저녁 무렵
탁발 스님이 찾아왔다. 육 척 장신, 삭발 머리, 진한 눈썹의 장수 같던
스님은 저녁놀만한 입술을 열어 근심을 말했다. 이 댁에 몰려오는 저
먹구름 보이십니까?
생면부지 노승을 바라보던 의아한 가족들의 눈빛.
오늘 저녁 큰 불행의 피맺힌 아우성이 이 집을 무너뜨릴 터. 이미 머리
위에 당도한 먹구름을 막을 수는 없는 노릇, 부처님의 힘을 빌어 맑은
하늘에 별이 뜨기를 소원할밖에. 오직 한길이 열려 있으니 그 길로 가
시오. 부처님께 아들을 바치는 길이요.
노승은 월하사의 승려임을 밝혀놓고 홀연히 여운만 남긴 채 사라졌다.

해는 지고 적막이 집안에 가득한데도 뜰에는 별빛이 소복하게 쏟아지
고 있었다. 대수롭잖게 여긴 외아들 경이가 라디오를 켰다. 뉴스 속보
가 흘러 나왔다. 경하운수 소속 직행버스가 일천오백 전 높이의 다리
아래로 떨어져 수십 명의 사상자를 낸 대형 교통사고 발생 뉴스였다. 헛
말이기를 바랐던 스님의 예언은 적중했다. 고요하던 집안엔 놀람, 한
숨, 탄식, 곡성이 삼십 년생 목련꽃보다도 서러웠다. 그 때 목련꽃은 저
녁바람에 지고 있었다. 날아갈듯 솟구치던 팔작지붕, 햇살에 반짝이던
윤 고운 먹기와, 태백산 전설을 들려주던 늘름한 아름드리 기둥과 대들
보가 기이한 소리를 내고 있었다. 태백산에 눈보라 치는 바람소리인 듯,
우짖는 새 소리인 듯, 장마철 우레 지는 소리인 듯한 알 수 없는 자연음
이 연신 연신 들려왔다.

사고를 수습할 방도가 전혀 없었다. 이 댁 안주인이 월하사 스님을 찾

앉다. 사연을 고하고 구원을 청한다. 스님의 처방은 단 한 가지, 아들을 부처님께 바치라는 것. 기운 가세를 바로 세우고 무너진 가운을 이끌어 가야 할 사람, 대를 이을 혈손이 외아들뿐인데 어찌 바칠 수 있겠느냐고, 다른 방도를 애원하는 안주인의 흔들리는 등을 도닥이면서 아들을 정 보낼 수 없다면 따님이라도 불제자로 들이라 한다.

금지옥엽은 가족의 우환을 덜고 가운의 새 길을 위해 부처님 제자 되기를 자청했다. 치렁치렁하던 검은 머리를 깎고 방년의 세월을 장작불에 던지고 나서 비구니가 되었다.

부처님께 일구월심 올리는 첫 번째 기도는 사고로 불귀의 원혼이 된 승객의 천도였고, 두 번째 기도는 가운이 다시 활짝 피어나고, 가족 모두가 안녕하며 남동생의 막중 임무가 소원대로 성취되기를 비는 것이다. 하루 한 끼의 공양으로 육신을 버렸고 하루 다섯 시간의 기도와 다섯 시간의 노동으로 희생하면서 부처님의 길을 묵묵히 정진했다. 그는 살았으되 죽음을 갈구했고 누워 있으되 서 있음을 염원했다. 그의 몸에서는 보살의 향기가 사방으로 번져가고 있었다. 겨울에도 그의 눈빛에서는 꽃이 피어나고 가을에도 그의 뜰에는 낙엽이 지지 않았다. 불을 밝히지 않아도 언제나 그의 둘레는 보름달빛에 젖어 있었다. 그는 평생 한 가지 기도만으로 원력을 쌓은 끝에 다비의 불 속에서 장엄한 전설이 되었다. 숯불을 헤치니 연분홍빛이 안개 모양으로 모락모락 피어나고, 산 너머에서인 듯 노래 소리 아련히 들려오고 밤이 깊어갈수록 열기가 살아 오르듯이 푸른색으로 번지다가 보랏빛으로 그의 한 생애를 감싸 안고 그렇게 열반하였다. 훗날 사람들은 저승을 일러 '정암계'라 했다.

플라타너스

청주 가로수길 플라타너스는
봄비를 맞을 적엔
신라처럼 곱더니,

청주 가로수길 플라타너스는
장마에 젖어도 움츠리지 않는
고구려만큼 늠름하다.

청주 가로수길 플라타너스에는 지금도
신라의 종소리,
고구려의 우렁찬 함성이 깃들어 있을 것만 같은
역사의 정원

연초록 새 잎으로 봄소식을 알리고
소나기 퍼부을 땐 넓은 초록 우산으로,
낙엽 지는 가을날엔
청주를 떠난 이에게 띄우는 고향 엽서로,
함박눈 쌓인 밤에는
언 별을 덮어주는 따뜻한 솜이불로,

청주 가로수길 플라타너스는
새와 바람과 별을
안아서 키우는
우리들의 살붙이.

땅 울음

열흘간의 폭설,
열흘간의 강추위가 끝난 오늘
땅의 기미를 살피니
눈 녹는 소리로 조용히 울더라.

눈 쌓인 언덕 저만큼 추위는 홀로 서 있고,
일시에 창문을 열고 나온 사람들로 거리는 붐벼
땅은 고요히 몸 추스를 겨를도 없이
사람들의 체중에 눌려 신음소리로 앓는다.

앓는 땅을 밟고 걸어가는 끝없는 인파 위를
새들은 빙빙 날다 나뭇가지에 앉을지언정
아픈 땅을 쪼거나 파헤치지 않는데,
땅의 울음소리 못 듣는 사람들
인정이 매몰차
땅은 또 울었다.

깊이깊이 울던 땅이
조금씩 기운을 회복하는 3월이 돼서야
풀싹이 돋고 꽃대가 솟으면서

얼음 기를 빨아낸 해동의 물로 몸을 푼다.
윤택이 말갛게 떠오르고
토질도 부드러워 흙냄새마저 고왔다.

마을에서 몰려나온 사람들은
살충제, 제초제, 요소비료, 거름으로 이 온화한 땅을
그날의 광주처럼 다스리며
부드러운 속살 깊이 무기를 꽂고
위력을 행사했다.
갈리고, 무너지고, 패여 나가는 땅은
추위보다 더 혹독한 지배자의 칼날에 무너져 내린다.
가을에 끝나는 전쟁,
그 빛나는 전리품을 위해,

영정사진

초등학교를 마치고
입 하나 덜기 위해 새경도 없이
남의집살이로 들어간 당신,
모란꽃보다 환하고, 백합 향보다 고요한 당신의
영정이
아내를 맞던 첫날밤 모습으로
미소하고 있음을 보았습니다.

죽음의 이쪽보다 강 건너 저 쪽 세상이
더 맑고 그윽함을 보았습니다.

공사장에서 일하다 작업복 차림으로
맏아들 초등학교 입학식에 참석해 아들의 손을
덥석 잡았을 때,
어린 아들이 아빠의 남루가 부끄러워 뿌리치고
도망쳐도
오히려 흐뭇해하던
그 때 당신의 모습을 보았습니다.

죽음의 저 쪽보다 삶의 이 쪽 세상이
더 높은 사랑임을 보았습니다.

자식들 성장하고 아내와 함께 늙어가는 동안
모란꽃 같은 기쁨도,
백합 향 만한 즐거움도 없었건만,
땀내 나는 모진 삶을 갈무리하면서도
어찌 당신의 미소는 그리도 곱습니까?

죽음의 이쪽 세상에 대한 한없는
당신의 사랑을 보았습니다.

조약돌

강력한 다이아몬드는
저 아닌 다른 걸 깎아내지만
조약돌은 유연하여
흐르는 물에 스스로를 맡겨
둥글게 닳으면서
제 살이 물에 풀려나가도 아파하지 않습니다.
깎고, 끊고, 자르면서도
저만 강하고, 저만 빛나길 원하는
금강석에 견줘
한없이 닳고, 깎이고, 무너져 왜소해진 몸집으로
누구에게나 만만하게 보이면서도
언제나 흐르는 물소리 마르지 않는
조약돌,
그믐밤 맑게 떠오른
별과 같은 존재.

Part 4

강가의 민들레

보리밭 · I

그는
보리밭둑에 서면
애국가가 들린다고 한다.

의병들의 죽창과
동학군들의 횃불이
보인다고 한다.

보따리를 머리에 인 여인과
어린 목숨을 지게에 앉혀 지고 가는
돛대 같은 사내의 울음소리에
제 옷이 젖는다고 한다.

보리밭에 달뜨면
문둥이의 서러움이 이 땅에 질펀하여
문둥이마을 아닌 곳이 없다고 한다.

우리 문둥이들, 우리 문둥이들,
상처에 고름 지도록 목청껏 애국가를 부르면서
산을 넘고 바다를 건넌 이후,

밤이 가고 새벽이 오고 아침이 되어도
우리 문둥이들의 애국가는 다시 들리지 않는다.

애국가를 부르지 않고는
이 땅에서 살 수가 없어
보리밭을 찾아서 이 세상을 모두 떠난 탓일까,

나도 머잖아
사랑하는 문둥이들을 만나기 위해
보리 싹이 무성한 세상으로 떠나려 한다.
목청껏 애국가를 부르면서,

보리밭 · Ⅱ

보리밭으로 둘러싸인 외딴집에 살던 나는
보리밭에서 컸다
보리밭은 나의 산이었고
나의 바다였고, 나의 교실이었다.

나 어릴 때
먹을 거란 보리밥뿐이었다.
아침 점심 저녁으로 찬 샘물에 보리밥을 말아
풋고추를 장에 찍어 먹는 게 일상의 식사였다.

내 팔다리는 보리밭에서 굵었고
내 두뇌는 보리쌀처럼 닦이면서
어린 날의 긴긴 여름을 보냈다.

학교에서 돌아와도
들로 나간 어른은 집에 한 분 안 계셨고
울안에는 돼지와 닭과 강아지와 토끼가
나를 더욱 허기지게 했다.

내 어린 날의 유일한 즐거움은

배고픔을 참고 있다가 해 설피 기울쯤
엄마를 만나는 일이었다.
성모님처럼 젊고
성모님처럼 지친 모습으로
사립을 열고 들어오시는 엄마가
아직도 자주자주 눈에 띈다.

나에게 보리밭은 성당이요 학교였고
나에게 어머니는 성모님이요 스승이었고
나에게 유년시절은 훌륭한 교과서였음을
보리밭 둑에 올라 선 이제야 알 것만 같다.

성모님의 모습을 닮지 못한 채 늙어가는 내 귓전에
어디선가 종달새 소리 힘겹게 들려온다.

송계松溪의 보리밭

청보리
밭머리에 뜨는 보름달이
머리를 감아주던 때,
산 너머,
그 너머의 푸르름을 보았습니다.

누렇게 보리 익는 밭고랑 새로
불던 바람이
살갗을 씻겨 주던 때,
실개천 맑은 흐름,
그 소리로 울어주던
종달새만한
그리움을 보았습니다.

된서리 걷힌 뒤론
창 밖에 눈이 내리고,
맷방석에선 엿기름 싹이 돋는데
긴 밤 등불은 홀로 고와서
오마지 않는 이를 기다려
말없이 깊어가는 세월의 길목,

안쓰러운 꽃 한 송이 피었습니다.

마실 길 넘실대던 보리밭은
푸른 여운,
구수한 맛으로만
오롯이 남았습니다.

지금은
고향집 안마당에 널어놓은
청동빛 상형문자가 되었습니다.

어떤 화가

저무는 화실의 창가에 앉아
한 접시 받아 놓은 저녁놀로
물감을 개서
빨간 양철지붕
한 귀퉁이 무너져 내린 흙벽돌 아래
낡은 나무 의자,
바람에 뒹구는 빛바랜 낙엽,
이런
풍경화 한 폭을 남긴 후
그는 진한 한숨으로
흰 머리칼을 불어 올리며
붓을 던졌다
그 이후로는
다시 한 번 화실에 나타나지 않았다

그는
자기 그림 속의
동자가 되었는가,

홀로

그림을 바라보는 나는
한낱 허무의 혼, 이승의 그림자일 뿐이구나.
그가 거닐다 간
그림 속에서…

서탄리 추억

보은군 회남면 서탄리는
대청호에 수몰되고,

게서 대대로 살던
내 친구 봉은이는
고향을 떠나 도시의 뒷골목으로 늙어 가는데,

그 강변이 그리워
간간이 찾아가 마을 근처 물가에 홀로 앉으면
봉은이 여동생이 무쳐주던
메밀나물 냄새 아직도 상긋하다.

넓지는 않았지만
곱고 깨끗하던 백사장이 좋았던 곳.

글 書 여울 灘자를 지명으로 쓰던
마을 이름이 예사롭지 않았던 곳.

그 마을 또래 청년들이
그물로 낚아 올린 비릿한 생선 맛에

지금도 지는 꽃잎에 술 향기를 고이게 하는 곳.

보름달이 뜨면
서탄강과
그 친구들과
봉은이네 가족들도 함께 떠올라
내가 보름밤보다 환해지는 곳.

옛날의 그 곳에
가고 싶다, 가고 싶어.

엿장수

우리 할아버지가 들려주신
옛 이이야기 한 거리.

할아버지와 한 마을에 살던
장씨 노인은
어려서 소아마비를 앓아 다리를 전다.
절뚝절뚝 걷는 모습을 사내아이들이
'뻐꾹뻐꾹'하면서 흉내를 내지만
장씨 노인은 이에 대꾸하지 않는다.

가족도 없이 홀로 살던 노인은
지게에 엿판을 얹어 지고 다니며
엿 장사를 하신다.
커다란 가위로 절걱절걱
햇살을 썰며
이 마을, 저 고샅, 안 가시는 곳 없이
하루 종일 엿을 팔았다.

길가에 고운 돌, 예쁜 꽃이 있으면
돌은 주워 지게에 얹고

꽃은 꺾어 목판에 매달고 와서
동네 아이들에게 주신다.

해 질 무렵 둥구나무 아래
아이들을 모아놓고
옛날얘기도 재미있게 해 주신다.
심청이 눈 먼 아버지와 하직하고 인당수로 가던 이야기며
견우와 직녀가 오작교에서 칠석날 만나던 이야기는
아이들의 저녁 밥상을 잊게 하는
장씨 노인의 일인 무대.

신명나는 이야기 구연이 끝나고
팔다 남은 엿 부스러기를 똑 같은 양으로 나눠
친구들에게 나눠주시던 그 때가
뻐꾸기 우는 5월이었다.

5월이 되면 장 노인이 더욱 그리운 할아버지는
오랫동안 노인이 묻혀 잠든
먼 산을 바라보고 계신다.

산 아래

산 아래 아늑한 양지쪽
낡은 외딴집에는 할아버지 내외가 살았습니다.

아들도, 손자도 없이
두 분만 외롭게 살았습니다.

울안에는 토끼, 강아지, 닭도 함께 살았습니다.
기르는 가축 모두
이름을 붙여 불렀습니다.

순이, 명이, 숙이가 토끼의 이름입니다.
강아지는 바둑이,
가갸, 거겨, 고교, 구규 라 부르면
닭들이 우루루 몰려옵니다.
어떤 친구건 부르면 달려옵니다.
달려와 할아버지, 할머니께 재롱을 피우면서
먹이 달라 조릅니다.

할아버지, 할머니는
가족이 많아 외롭지 않습니다.
토끼, 강아지, 닭들도

산 아래 외딴집에 살아도
할아버지, 할머니가 계시기에 무섭지 않습니다.

별, 그리고 시

장미 브로치,
석류 반지의 귀부인,
첫눈을 맞으면서 찻집을 들어서던
옛날의 그가
시심詩心을 실어 나르는 언어로
봄, 여름,
그리고 가을이
추억의 강을 건너
노을 너머로 사라지고 있는
지금도
보이지 않는 어둠 속에서 별빛처럼
시를 노래하고 있을 게다.

금속의 장미 브로치
꽃이 못 되는 걸 알면서도,
석류에 새벽빛이 고인다 해도
보석이 못 되는 걸 알면서도
시집 속의 아침 햇살로만 빛나고 있을 그,

바다가 보이는 언덕 위에서

바람이 살그락 살그락 물빛을 실어 나르고,
수평선 너머 풍차가 도는 나라의
빵 굽는 냄새로 붐비는 이역에서
아직 한 줄의 시를 잉태하고
출산을 기다리고 있을 그,

시의 마을에서
낙엽 속에 묻힌 하늬를 뒤적이며
눈부시게 푸르른 날을 하나씩 골라 목걸이를 만들고 있을 그,

이제 머잖아 첫눈은 내릴 터,
보랏빛 이국의 눈이 되어
장미 브로치로 된 시보다 깊이
석류 속같이, 석류 속같이 나직이 가라앉은 비밀을 끼고
시에서 뛰어나와 산길과 들녘을 들러
도시의 빈터에 잠시 철 늦은 민들레로 앉았다가
찻집 문을 열고 들어설 그는
아직도 이국의 낯선 노랫소리로만 출렁거릴 뿐.

중앙공원

반세기 전의 그리움을 찾으러
중앙공원엘 간다.
비둘기 발자국으로 오는 그와의 은밀함을 위해
중앙공원엘 간다.
해는 양병산 너머로 져서 까치내 밀밭에 내려앉고
잔기침을 하던 해거름 그늘이 빈자리에 가득할 무렵,
까치발로 더디 오는 사랑을 찾고 있을 때,
어디선가 불빛처럼 삐져나오는 환한 눈부심,
외로움을 참으면 약이 된다기에,
그리움을 참으면 병이 돋친다기에
찾아온 공원은
쓸쓸하게 불 켜진 텅 빈 무대,
우두망찰하는 전설이 버성길 뿐 반김도 없이 사립마냥 닫혀 있고
무뚝뚝한 신화가 등장하자
지나간 세대가 건네주는 서찰 한 통, 거기엔
천 년 전의 삽질 소리, 압각수 잎 트는 소리만 들썩이고
육백 년 전 이초의 난에 연루되어 억울하게 구금된 충신을 구해내던
파옥破獄의 큰물 지는 소리,
다가온 국란을 몸서리로 예언하던
정수근면庭樹僅免의 자세로 공원의 태생부터 오늘 저녁까지를 소상히
이르고 있다.

압각수 저 오리발 나뭇잎들과 더불어
가을날 그 낙엽을 밟으며 시대를 읽어가던
꿈과 사랑과 좌절과 울분이
먹구름이 되어 비로 눈으로 내려 쌓이는 민심의
사랑채 같은 곳,
거기서 우리는 아이스케이크와 사탕물 냉차에 젖어 있던 유년을 채집하고
막걸리와 커피 향으로 저물던 청춘을 떠나보내며 그렇게
도시의 불빛처럼 명멸했다.
사랑은 언제 왔다 갔는지 흔적이 없고
지금은 황혼의 지게에 한 짐 어둠을 등에 진
묵은 나이들이 돌아갈 집과 가족을 잃은 채
죽어가는 고목이 되어 도시의 달빛에 젖는다.
남문루는 이름만 남기고 현실을 떠난 지 오랜데,
그 인근에 이거하여 신선을 기다리던 망선루가
고려처럼 무거운 침묵으로 들보를 떠받들어
낙가산 숲에서 날아온 오작이 군무도群舞圖를 새겨놓고
공민왕의 환희가 신예들의 등용을 축복할 때,
대대로 민중의 가슴에서는
'아는 것이 힘이다. 배워야 산다.'는 꽃이 피어나고 있었다.
근민헌으로 불리던 청녕각이 병마절도사 영문의 위엄을

민중의 앞자락에 내려놓고

하늘로, 하늘로 날을 듯한

상긋한 곡선의 추녀를 구름에 띄워 슬픔으로 오르는 모습 오히려 곱구나.

팔작지붕에 닭벼슬 난간은 정곡루의 이름을 기다린 지 오래다.

상계의 진선이 예 내린다면

무심천 어디쯤서 무지개 피워 올려 와우산 마루에 꽃씨를 뿌릴 터이다.

이 땅을 지켜 온 대장군과 여장군이

풀밭을 일구며 살다간 할아버지와 아버지들처럼

초례청을 물리고 아이들 옷감을 짜기 위해 물레를 자을 텐데

그 빛나는 수줍음은 어디 가고

오늘은 보름빛만 내외 없이 넘치는구나.

이제 이 밤이 가면 한 시대가 가뭇없이 물러나고

살다 떠난 사람들의 숨소리만 호젓하게 남을 터,

살아 있으매 사랑이 된 중앙공원,

아무쪼록 별빛 영롱히 빛나다가 새벽을 일으켜 다시 밝아서

때론 수밀도 향에 젖는 사랑이 되고,

때론 청사초롱에 불 밝힌 역사가 되어

이 땅의 만년 영광을 빛내 준다면,

청주, 그 이름으로 맑은 눈물 한 동이를 흘린다 한들 무엇이 아까우랴.

아, 우리 청주, 우리 청주의 중앙공원은

백년 후의 우리 후손들에게 무엇을 말해 줄려고
지금도 저렇게 붐비나, 봇물처럼 저렇게 붐비나.

보릿고개를 넘어

그 옛날에는 보릿고개가 있었느니,
배고픔으로 해종일 먼 산을 바라보면
노오란 현기증에 마을이 빙글빙글 자전하고
초가집 용마루는 가뭄처럼 활활 타오르고 있었느니,
칡뿌리를 캐고 산나물을 뜯어
쑥버무리로 때를 에우던 그 시절
뻐꾸기는 왜 그리 붉게 울었던가.

할아버진 보릿고개서 키운 아들을
도시로 보내면서
'이젠 고향에 돌아오지 말라.
나 죽었단 소식은 먼 훗날에나 듣거라.'
돌아다보고 되짚어 보며 눈물의 배를 타고 고향을 떠난
우리 아버지들은 공업학교 학생이 되고
한 시대를 밝히는 불씨가 되어
용광로에 가난을 넣어 끓이고 끓여서 쇳물을 냈느니,
그 뜨거운 쇳물로 강철 무지개를 만들어
보릿고개 기슭 위로 덩그렇게 띄워 올렸느니,
메마른 고향은 다시 푸르러지고
새로 지은 청기와지붕에 달빛이 고였느니,

무한 높이로 우러르는 아버지의 모습도
무쇠처럼 늙었으되, 청기와 빛으로 빛나지 않던가.

우리들 아버지와 같이
우리도 그런 이름 없는 꽃으로 자드락길에서라도 피어나기 위해
동 트는 언덕 위에 아버지를 새겨놓고
낮에는 땀으로
밤에는 별빛으로
내일의 창을 닦느니,
그리고 소리를 듣느니,
문명과 문화가 어울리는 사랑의 소리를 듣느니,
우리는
무엇이고 다 할 수 있다는 용기를 근육에 채워 넣고
우리는
으뜸에 오를 수 있다는 신념의 싹을 틔워
'솥작다, 솥작다'우는 소쩍새 소리 만들어 숲에 날리고
가을하늘 쓸어내려 보석을 구우며
할아버지께서 잃어버린 꿈을 아버지보다 고운 손길로
사랑을 연주하고 진리를 공경할 수 있느니,
선반으로 사랑을 다듬고

회로로 조립된 그리움을 뜨락에 심었으니,
내일은 푸른 하늘, 맑은 빛이 서리겠네.

이후

이후에는 눈사람을 바라보지 말고
녹을까 염려하지 말고
더더욱 그리워하거나 애달파하지 말고
눈 쌓인 날 겨울 마당에 의례 서 있는 듯하게,
그냥 먼 길 가는 중에 스친 듯하게,
차례를 기다리다 우연히 만난 듯하게,
가을날 낙엽 한 장이 어깨 위에 떨어진 듯하게
눈사람을 녹는 양지에 앉혀두자.
그가 언제 내 인생의 뜨락에
이름 없는 작은 풀꽃으로라도 핀 적이 있는가,
눈 오는 겨울 새벽
대문 열면 놓여 있던 발자국이라도 디딤 논 적 있는가,
성에 낀 나의 유리창에 썼다가 지워버린
물 번짐 같은 흔적일 뿐,
언제나 맘도, 몸도 이 곳, 저 곳을 흐르고 있을 뿐인
노오란 은행잎 하나 머리에 꽂았다 띄워 버릴 뿐인
눈사람,
호호 입김 불어 물로 녹여서
그의 고향으로 백지 한 장의 무게만 실려서 떠내 보내고
그 남은 자리에는

흰 고무신 한 켤레 잘 닦아 가지런히 놓아야겠다.
그 곁에는 울음 한 접시도 잊지 않고 떠 놔야겠다.
홀로 내린 달빛은
애틋한 슬픔을 그 곁에서 바느질하겠지.

청 주

그 맑은 이름 앞에
진한 눈물을 바쳐 목 놓아 우는 것은
그리움 때문,
우암산이 무심천에
보름달을 안치는
한국 누이들의 고향에 대한
애틋함 때문,
언제나 우윳빛 살 냄새가 풍기는
이 곳,
할머니도, 어머니도 나고 자라서 잠드신 땅,
내 혈연의 못자리,

눈 감아도 선연한 풍경
그 안에
고요히 떠 있는
충청도 청주.

떠나지 못하고 깃들여 살면서도
마음으로는 항상 혼자,
한 점 구름이 되어
그리워서, 그리워서, 자꾸만 그리워서

고샅, 고샅을 기웃거려보는
한 오래기의
바람.

찾아도, 찾아도, 찾을 수 없는
나를
어디 가서 불러와야 하나,
고향의 외톨이,
옷소매에 글썽 글썽 묻어나는
서러운 노을.

직지 서사

흰 돌 빛 한 오리 숲 속 그늘에 안겨
파란 이끼 옷을 휘둘러 입고
어둠을 향해 몸을 일으켜 목소리를 세우려하되,
부처님의 세계는 광막한 천지

헌화 공양으로 꽃등불 켜달고
하늘의 마음, 땅의 심성을 가려
불타와의 게송을 통해 일어서려 하니
해 오름 녘으로 날아오르는 수천, 수만의 군학,
어디를 향함인가, 알 수 없는 이 가없는 둘레,
가득한 무지

장삼을 남풍처럼 흔들면서
그 시대의 백운白雲이
경한景閑 스님의 백발 불심을 미소하며
염주 알 굴리듯 예 오던 날 저녁,
달빛이 얕은 물살에 젖어
흥덕사 풍경 위로 솟아오르던
원광의 미지

해 오르고 달 지는
환한 동녘이여, 별빛 스미는 정토여,
잠든 강줄기로 그 오랜 세월
숨어 살던 이 땅에 삼보의 터를 닦았는가,
그리 하고자 천둥은 폭포로 쏟아지고
번개는 꽃잎으로 마을을 감싸 안아
천지를 눈비로 갈라서 빛과 어둠이게 한
천 세 총명한 혜지

니구율 나무 아래 아직껏 앉아 계신
자비의 옷자락 그 남루만 흔들고 온
백운 선사는 고려 야산 기슭에서 붉게 지는 해를 바라보며
눈빛으로, 눈빛으로 하늘을 닦아 청명을 걸어놓고
깨달음의 불 이 땅에 점화하여
인간의 마음만 어둠에서 골라 내
부처님의 존함으로 세워 올린 직지

누리의 울력을 거두어 한 획을 새기고 쇳물을 부어
천하의 금속문자 만들었으니
동방에서 퍼져 가는 닭 울음소리,

부상에서 틔어오는 거대한 불꽃
아아 겨레여, 불타의 근역이여,
진리가 우리를 공경하며 새벽빛과 더불어
온 바다 노 저어 오고
온 산맥 줄 타고 오는
해동 청주,
청주 직지여.

거친 땅의 꽃사슴처럼

-흥덕사 백운화상 마음으로

산마다 지친 풍경
삿갓으로 눌러 쓰고
전라도 고부에서 충청도 오는 길은
부처님의 전생을 갈무리해 둔 길
그 땅에서 석존처럼 꽃사슴이고 싶었는가,

해 저물녘
낮은 산이 어둠을 세워 별빛 집을 짓고 있을 때
까마귀는 산을 시늉하지만
백운의 눈에는 꽃사슴만 보인다.
꽃사슴의 마음으로 꽃사슴이 되었다.

늙어서 서러운 몸, 집을 찾는 노파가
주린 배를 내려놓고
노을을 흐느낄 때
남풍이 그의 몸을 감싸고 어루만져
없는 집을 탓하지 않고 태어난 자리에서 피고 지는, 피고 지는
만년초가 되게 하였으니
백운도 남풍이 되어 끝도 없이 불었다.

삼월에는 봄을 열고
칠월에는 여름 널어
씨 뿌려 가꾸는 농부 되어 살다가
가을에 거둔 곡식 이웃에 다 내주고
동한거 눈 쌓인 길을 붕정만리 떠나서
이국 땅 석옥선사 귀한 문하 들더니만
세상을 곧게 가리키는 마음 하나 얻어서
고려국 청주 땅
흥덕사에 왔더이다.

흥덕사의 흰 소

-백운과 법린

까치 소리가 어지럽게 떨어져 바람에 날리는
흥덕사 마당에
비 들고 나선 법린 선사
파아란 하늘 아래 홀로 맞는 새벽
동으로부터 나뭇가지 솟아오르고
온 땅에 푸른 풀싹이 물결치는
가멸음의 빛
하얀 암소가 풀밭에 흰 그림자를 세워 놓고
깔을 뜯고 있었다
마당의 까치소리를 쓸어내야 할까를 망설이는
법린의 장삼 소매가
구름인 듯, 샘물인 듯 나부끼고 있을 때
늙은 나무를 흔드는 백운의 굵은 목소리가
아침 예불을 재촉하지만
이른 여름 냇가로 뻗은 작은 길은
수심처럼 깊어만 갔다.
어디선가 들려오는 아침의 까치소리.

뒷전에

-백운과 석찬

미지의 낱말들이 바람에 진다. 나뭇잎으로,
자음을 모두 털어낸 나무들의 숨소리가
북향하여 흐르는 무심천 얕은 물살을 타고
어두운 밤을 통과하여 어디인가를 지향하는
모음의 본의를
알지 못해 애태우는
수도승 석찬,
늦가을의 어수선한 구름장이 그의 하늘을 덮는다.

공양을 구실 삼아
저자거리의 풍물을 가슴에 품고 온 뒤로
바람처럼 시름시름 앓는
석찬은
절집 뒤꼍으로만 배회할 뿐 심란함을 달래지 못해 안달인데,
이웃 마을에서 저녁닭이 홰를 친다.

노을 든 구름이 몰려들어
해 지는 세상을 물들이고
집집이 저녁밥 짓는 연기로 둘레에 어둑발이 찰 때
장에 나간 지아비를 기다려

열린 듯 닫힌 문 새로 바깥을 밝혀 들고
비린내 한 손 묶어 오는 귀로를
돋움발로 다소곳이 기다리는
저 아리따운 속세,
지극히 바라보는 수도승 가슴이
이에 더 저리다.

늦은 사랑을 마중하여
문 밖을 나선 아낙이
밝혀 든 등불은 발자국에 고이고
스란치마 꽃무늬는 땅에 지는데
어두워 오는 하늘엔 별이 아직 성글어
자욱한 저녁 안개 뒷전에선
나뭇잎들이 바람을 가벼이 불어 올린다.

이를 바라보는 백운의 소매 깃에 주렁주렁 열리는
우수의 백팔 염주,
무심천 나루에 흔들리는 물결,
바람 탓이라 예삿일로 접어 두지만
저어되는 심사 다스릴 길 바이 없어라.

이슬과 바람

–백운과 달담

이슬 젖은 옥매화가 달을 받쳐 든 새벽과 함께 서서
누군가를 기다리고 있습니다.
가볍게 흔들리는 스란치마 자락에선 귀촉도 울음소리 아직 고운데
달담의 어깨 위로 지는 꽃잎이
지난밤의 한숨보다 더욱 무거워
이제는 돌아설까 망설이지만 행여나
먼동이 밝아오면 그리운 이의 목탁소리 들려오리라
기다리고 기다리며 홀로 가득히
그림 속을 서성이는 인연입니다.

사계절 직지 直指

아침에 봄비 내려 다홍색 꽃 핀 들녘
직지를 외며 가는 무심천 맑은 물결
서해와 섞여 흐르면 까치놀도 고요해.

한낮에 더운 햇볕 여무는 곡식마다
바람도 은혜이니 사랑이 절로 넘쳐
직지의 한없는 뜻을 어느 뉘가 모르랴.

낙엽 진 흥덕사 터 단풍에 물 든 자비
직지를 노래하듯 마실에 전하는 말
산새가 더 먼저 듣고 둥지 찾아 모이네.

따듯한 아랫목을 묻어 둔 겨울밤에
풍경은 누굴 위해 잠들지 못 하는고
직지가 근심을 녹여 고운 꿈을 엮으니.

실 의

절집 마당 연꽃 한 뿌리 얻어
내 집 뜨락에 옮겨 심었더니
맺혔던 이슬은 바람에 날아가고
내려앉은 그늘 한 뼘이
한낮의 위안이 되는데,
선은 간데없고 속만 가득한 안마당에서는
한 두름의 허무가 허공에 흔들리고
이윽고 밤이 되니 그 비린내에 달빛이 흔들리네.
선과 속의 분별이 어찌 이리 혼란한가.
밝는 대로 절집 지붕에 떠 있는 구름에
눈을 씻고
절집 담 너머로 쏟아져 내리는 푸른 하늘에
손을 씻고
절집 뒷산에서 부는 솔바람에
가슴을 씻고
그리고 누렁 소의 고삐를 끌러 허리에 두르고
서산 너머로 달아난
흰 소를 찾아 떠나야겠네.

눕고 일어나기

일어나고 눕는 일은
세상만사가 다 같으니,

하늘이 눈비를 땅에 뉘고
땅이 증기를 올려 구름을 띄우는 일이나,

바다가 동해를 뉘어 새벽을 세우고
숲이 대관령을 일으켜 밤을 뉘는 일이나,

팔순의 생애를 땅에 뉘고
제삿날 태우는 소지만 불빛으로 오르는 일이나,

깃발을 매달고 창공에 치솟은 푯대도
세월이 흐른 뒤엔 땅에 내려지고 땔감으로 타는 일이나,

우리네 삶에서 일어나고 눕는 일은
세상만사가 다 같으니,

때가 되면 일어나고 눕는 걸,
뭘 초조해 하며
뭘 안타까워하며

뭘 내세워 자랑할 일인가,

매끄럽고 선한 심성을 평생 어루만진 도공의 손,
살결 고운 꽃잎으로만 나이를 살던 화훼 농부,
수평선 끌어당겨 뱃노래를 부르는 어부의 목청,
그들의 맘 하나씩만 골라 품고 살면
그게 내세울 일이지
뭐 별개 있나?

눕고 일어나기가 하 그리 쉬워서
누구나 다 할지라도
꼭 하나,
밟고 오르내리기 수십 년에 반들반들 길이 나
윤기 자르르한 툇마루에 내려앉은 햇살 같은 것이래야 되지.
남의 것이지만 누구나 손바닥으로 한번 문질러 보는 것이래야 되지.
이름 석 자와 평생의 발자국을
반들반들 윤기 자르르 흐르도록 누구나 손바닥으로 어루만질 수 있게
눕고 일어나기를 잘 해야 되지.

집

하느님은 매일 집을 짓고
사람들은 하느님의 집으로 귀가하여
등불을 밝힌다.
횃대에 걸어놓은 옷가지에서는 비단 욕망이 번들번들 빛나고
벽지의 숲에서는 산새는 날지 않아도 일시에 꽃이 핀다.
지구가 자정을 넘어서면서
등불은 꺼지고
강물이 싸늘하게 식어가고 있을 때,
방문을 열고 들어서는 날카로운 시간들
완강하게 저항하며 버텨 있던 한 시대의 벽을 무너뜨린다.
새벽 선잠을 깬 창문이 눈을 뜨고
지난밤의 그림자가 죽은 머리칼과 함께 쓸려 나간다.
우리도 함께 쓸려 나가면서
참깨 밭이 도시에 매매되고
오동나무에 떠오르던 보름달도 빌딩으로 이사 간 뒤
영웅 설화도, 역사도 떠나고
사람들도 떠났다.
하느님의 집이 헐리고
집터에는 파란 축구장이 돋아나고
거기서는 또 다른 축구 영웅이 태어난다.

부서진 건축 폐기물은

번지가 없어진 자리에서 오히려 붐비고, 함성하고

철제 새떼들이

풀밭에 버려진 사랑을 쪼아 먹는다. 수북이 쌓이는 껍질들,

하느님은 그 껍질을 쓸어내고

구름 조각으로 다시 집을 짓고

그리고 하늘의 종을 치면

사람들이

구원의 과일을 따기 위해 다시 몰려와 주겠는가.

높고 푸른 하늘에서 우리는 한 방울의 구름으로

또 만날 수 있겠는가.

하느님은 매일 집을 짓고

사람들은 하느님의 집으로 귀가하여

등불을 켤 수만 있다면,

한 방울의 구름이 비로 내려서

유역이 기름진 강물을 이룰 수만 있다면,

하느님이 다시 집을 짓지 않아도

이 땅은 푸른 궁전이 될 수 있을 텐데,

한글과 초정

초정에 봄비가 오는 날엔
온 마을이 국어책 읽는 소리로 붐빈다.
구라산 풀벌레도
초정물 개구리도
한글을 읽는다.

밭갈이 끝내고
고랑과 두둑을 다듬은 농부도
공책에 글씨를 쓰듯
한·
톨·
한·
톨·
씨를 묻는다. 글의 씨를 묻는다.
살가운 민요 한 가락 읊조리면서,

세종 임금 행궁지를 비추는
가을 달은
은실을 자아
한글 모음과 자음을 엮어
훈민가 한 수를 쓰고 나서

하늘의 뜻
씨알의 소리
하 맑은 기쁨을
누리에 알린다.
초정의 훈민정음 한글로써,

봄눈

철없는 봄눈이 자정까지 내렸다.
지난밤을 털고
새벽빛으로 다시 깨어나는 천지는 찔레꽃 밭이다.
꽃 사이를 낮게, 아주 낮게 나는 텃새들은
세상을 근심하는 짧은 울음을 흩어놓는다.
뿌려진 울음은 눈 위의 발자국이 되어
배고픔의 상처로,
동이 트고 햇살이 번지면
상처는 가시고 아픔만 남아
먼 길 떠날 수 없어 날다 앉고, 날다 앉는
실패의 연속.
눈 위에 그려놓고 싶은 세상,
눈 속에 묻어두고 싶은 사랑,
눈과 함께 녹고 싶은 부끄럼이 분명 있는데
이젠 어찌할까, 어찌할까.
말없이 돌아서는 뒷모습에 은처럼 차가운
어느 나라의 햇살만 낯설게 눈부시다.

예감

눈 덮인 산에 올라도
겨울은 없고
먼 봄 길에서
녹는 눈빛으로 하늘만 시리다

골짜기 눈 덮인 자리엔
그리운 이 편지 글만한
산새 발자국,
바위틈에 돌이끼도
햇살에 곱다

이제
내일 아침 까치가 울면
도라지꽃만큼 눈빛이 맑은
삼월이 오겠다.
삼월의 아지랑이가
세상사 남긴 인연 못 잊어 환속하겠다는
비구니 스님의 편지를 들고 오겠다.

스님의 소매 깃에선
산 속 이야기가 뚝뚝 듣겠다.

달, 보름달

달을 보아라,
거기서 빛나는 태양의 침실을 보아라,
해가 품은 달, 달이 보듬은 해를 보아라,
그 옛날의 설화가 떡방아를 찧고 있는
달을 보아라,
보름달을 보아라,
차가운 얼음 속에 고인 빛을 보아라,
말갛게 닦인 사기그릇에 넘치는 슬픔을 보아라.
벼린 날의 번득임 속에 감춰진 위험을 보아라,
사랑도 그와 같은 것,
해와 달의 사랑도 그와 같은 것,
변증법을 깔아 놓고
일통을, 혹은 통합을 역설하는 저 기막힌 모순에서
피어오르는 밤안개를 보아라,
누구의 신음인가, 환희인가,
알 수 없는 근원의 실마리를 탐색하다 지친
저 증오를 보아라,
수루루루룩 흘러내리는 은실을 보아라,
흰색으로 위장한 검은 은실을 보아라,
세상은 온통 어둠이잖니?

누가 지어놓은 어둠의 창고인지 모르면서
거기를 밀실이라 한다.
누구에게도 들키기 싫은 사랑의 밀실이라 한다.
증오를 위장한 사랑을 달리 무어라 불러야 옳을까?
오늘도 우리는 거기서 산다. 탈출을 끝없이 연습하면서,

발자국

밤새 내린 눈이
산하를 덮고
도시를 덮었다.
마을이 한 이불을 덮고 꿈을 꾸는
침실의 고요가
이른 새벽을 정지시킬 무렵,
따뜻한 아랫목을 묻어두고
발자국 하나가 미제사건처럼 도시를 은밀하게 빠져 나갔다
일용직에 평생을 바친 그이가
앞서 간 발자국을 따라 나가고,
황량한 먼 길에 오른 나 역시 첫 발자국을 따라 나갔다
눈이 또 몰려오려는지 어디선가 문풍지 떠는 소리에
귀를 가다듬지만,
눈길 조심을 당부하던 아내의 목소리 말고는
손짓하는 음성이 없는데
어딜까 소리 나는 곳은,
가만 귀 기울여 듣고 또 들으니
맨 먼저 걸어 나간 발자국의 소리였음을 알았다.
그 소리는 눈에 묻어둔 처절한
나의 빈 데를 조금씩 채워주고 있었다

춥냐, 배고프냐?

참으로 게으르구나, 게을러,

타이름은, 타이름은 끝나지 않고 계속되고 있었다.

부끄럼

제 자랑을 못해 몸살 앓는 놈에게
분노하고
제 지갑에 돈이 샐까 안달하는 놈을
비난하고
제 꾀로만 세상을 재단하려는 놈을
슬퍼하면서
지난 일 년을 보낸
나는 무엇일까.

시 한 줄의 허영과
집 한 채의 과시와
밭 한 떼기의 망상으로
지난 몇 년을 보낸
나는 남에게 무엇일까.

해는 뉘엿뉘엿 서산에 올랐는데,
새들도 숲 속에 깃을 쳤는데
돌아가 쉴 수 있는
내 자리 하나 없어
얼마나 외로워했는가.

돌멩이 하나의 무게로
물속을 향해, 물속을 향해
얼마나 많은 나를 던져 버렸는가.

수없이 던져진 나는
지금도 가라앉지 못하고
둥둥둥 깃털처럼 떠다닐 뿐이네.

바람

뉘 찾아올 귀한 손님이 있어
오늘 아침 이토록 바람이 부나,

홀로 대관령을 넘어
동해로 온지가 벌써 칠 주야

파도는 찰라도 그침이 없고
넓은 백사장엔 그림자 하나 오가지 않는데,

뉘 찾아올 귀한 손님이 있어
오늘 아침 이토록 바람이 부나,

수평선 너머로 물질 간 뱃사람의
만선에 실린 낮달은 구름 속의 적멸이고,

별빛이 머물다 간 봉우리엔
청청한 솔빛만 가슴에 맺혔는데,

뉘 찾아올 귀한 손님도 없이
오늘 아침 이토록 바람이 부나,

바람아 불어라. 세차게 불어라.
찾아주는 이 없어도 내 마음의 빈자리를 흔들어 줄
바람아 불어라. 더 세차게 불어라.

아, 청원군

유년 시절의 눈빛을 이끌던 번전이反田길,
그 시야를 가로막던 까치내鵲江 둑,
둑 너머 세상에는 무엇이 있나.
늘 궁금한 생각으로 외수동을 못 벗어나던 소년이
성장한 뒤 텃밭을 떠나면서 오창면 신평리를 잊었고
청원군은 타향이 되었다.
청주를 자랑하며 살아오는 동안
발치에서 바라본 고향에는
늘 고운 바람만 살더라.
바람은 넓은 들판에 풍년을 쌓더라.
명주실 한 타래가 잠기는 깊은 물에 이무기가 산다는 장자 늪은
전설이 되었고
어머니 나무하러 오르내리던 까치고개도 백구白球가 나는 잔디밭으
로 변하여
지금은 산비둘기도 깃을 치지 않는다.
청원군이 강물 따라 바다로 가고는
소년은 억새 흔들리는 노인이 되었다.
초등학교 친구 금돌이는 이승을 한참 전에 떠났고
이쁘고 얌전하던 지게바위 천주교 회장님 손녀가 할머니로 옛날이
된 뒤론
청원군에는 아이들이 다시 태어나지 않는다.
누군가를 기다리는 새댁의 수줍음마냥

홍시만 매달린 빈집마다 저물어 가는 노인들의 그림자,
그 어깨 너머로 추억의 냇물이 흘러 흘러서
뒤돌아볼수록 눈물에 젖는 땅
오미 살던 할머니 여동생, 낭성의 광식이 아재,
괴정 아저씨와 아주머니,
북이에서 시집 와 남이에 살던 정씨 부인,
현도서 오창으로 머슴살이 온 순진이 아버지,
가덕학교서 봉직하다 서울로 이사한 후 소식 없는 김선생
그리고 희섭이 아저씨와 진외가 여러 피붙이들도
늙어서 세상 뜨고 앓다가 명 다하여
이제 남은 건 후덕한 용섭이 아저씨와 내 친구들 몇 명
이젠 봄 갈로 흔하게 벌이던 천렵도 없이
그들은 황토바람으로 불다 잦기를 거듭할 뿐이다.
청미수리조합 봇물에 살던 쌀붕어, 참게, 뱀장어도
수로가 공골工骨로 변한 뒤론 모두 떠났다.
소달구지 길에서
자전거 바퀴가 햇살을 돌리던 옛날은 가고
여인의 짧은 치마가 흉이 되던 5·16 시대도 가고
이제 남은 건 나뭇가지에 흔들리는 여운처럼 애달픈 청원군의 그림자뿐.
고운孤雲선생 오송五松을 심어놓고 병마산에서 습진習陣을 하던

그 전설 같은 이야기와
옥산 국사의 뒷동산이 명당이던가,
강감찬 장군의 유택이 달빛에 젖고 있는
그 설화 같은 이야기와
호란의 불속에서 화의를 주창하며
백성을 전화에서 건겨낸 지천遲川의 애달픔이
역사의 어둠으로 별빛을 찔러주던 이야기와
의암과
단재가 용솟아 일어서서 조국을, 민족을, 역사를 온몸 온 맘으로 외치던
성역,
육해공 해병대의 장군을 가장 많이 배출한 별들의 고향
아, 청원군이여,
팔봉八峯은 소설로, 동문東門은 시로 청원군을 일으켜 세웠는데
노인이 된 소년은 무엇으로 청원군을 외치겠는가.
눈빛이 또렷하고
사시사철 제 살결을 잃지 않는
청원군의 바람이 되어
둘러보고 닦아내고 매만져서
한글 창제의 대업을 마무리했던 초정의
'뿌리 깊은 나무'를 살리던 알싸한 초수를 길어 올려,

조선의 임시 도읍지를

'꽃이 아름답고 열매가 풍성하도록' 흠뻑 뿌려주고

역사의 수건을 깁처럼 곱게 빨아서

세종 임금과 태자와 왕자가,

박팽년과 신숙주, 신미대사가 머물던 행궁을 말갛게 씻어

세계의 문자들이 삼가는 몸짓으로 한글에 왕관 씌우는 모습 비추게 하리라.

구라산성의 음습한 푸념을 갈아엎고

옥산 몽단夢斷고개 의마총과 매은당梅隱堂 보국충정을 청매화로 되 피워서

이 땅의 달빛이 되게 하리라.

소로리 볍씨가 농경사의 남상濫觴으로 수만 년 뒤 미호평야를 이루어

기아의 목숨을 소생시킨 저 거룩한 원광이게 하리라.

이제 소년은 고향의 이름을 잃었으되,

목 놓아 부르면서 꿈길로 찾아 갈 고향은 사라지지 않았으니

다시 돌아가 그 땅, 그 풀, 그 혼을 되짚어볼 수 있는

아, 내 고향 청원군이여,

가는 곳마다 살구꽃,

머무는 자리마다 해맑은 샘물

어디를 둘러봐도 정겨운 눈웃음에 넓고 곧은 길 거칠 것이 있겠는가,

넉넉한 내 본향

아버지의 뒷짐 진 모습 별빛에 어리고

어머니의 목소리 햇살에 퍼져
그 음성 앞자락에 안고 학교로 가는
나는 소년의 나이, 소년의 꿈, 소년의 의지
무엇이 두려우랴 시작이 곧 이룸인데,
무엇을 망설이랴 뜻이 곧 실제인 걸,
다 주고 다 받는, 그러면서도 늘 부족하고
언제나 안쓰러움이 가시지 않기에
고향은 조상들의 피와 살,
고향은 아버지 어머니를 대신하는 이름,
바람 냄새 풍기는 고향은 형제들의 숨소리,
친구들을 하나로 동여매는 허리띠 같은 것,
내 할 일을 마치고 나면
봄에는 나비가 되어 고향을 날고
여름에는 소나기가 되어 목마른 고향의 생명을 적시고
가을에는 풀벌레 소리로 고향의 지친 영혼과 벗하면서
추운 겨울 함박눈이 되어 언 땅을 포근히 덮어주고 싶은데……
포근히 덮어주고 싶은데……
아아, 내 고향 청원군이여,
아아, 나의 살, 나의 피, 나의 숨소리로 불러보는
나의 가장 아름다운 이름이여.

골목길

어스름이 내린 골목길에 들어서면
지금도 가슴이 뛴다.
빛나는 십대의 꽃물이 담장 너머로 황홀하던
그 무렵,
어디선가 새로 이사 온 그 아이를
우연히 만날 수 있으리라는 기대로 들어섰던
골목길에서 나는
작은 벌레가 되어 스멀거리며 들키지 않고 무사히 지나갈 수
있기를 바라는
이 순정어린 이율배반,
골목길이 끝나고 큰길에 가 닿으면
말 할 수 없는 허전함으로 다리 힘이 빠져 나갔다.
다시 한 번 되돌아 걸어볼까,
크게 숨을 몰아쉬고
왔던 그 골목을 되짚어 걸었다.
쪽문을 열고 빠알갛게 꽃물 든
그 얼굴이 나타나 주기만을 염원하며
천천히, 되도록 천천히 걸으면서도
포수의 가늠쇠를 벗어나려는 한 마리 작은 산짐승이 되어
떨리는 걸음을 옮겼다
그 걸음걸이로 평생을 산 나는
그것이 사랑이란 걸 이제야 알았다.

외롭기 위해

외로움이 되기 위해
홀로 울릉도에 오다.

강릉 선착장 승선
아무도 없는 이층 구석 자리에 앉아
동해의 잔잔한 수면을 베고 잠을 청하다.

저동에 첫발
우뚝 촛대바위
해 지면 불 당겨지려나,

바다에 두둥실
성인봉
형제봉
미륵봉과 나리령,
어디선가 풍겨오는 향나무 냄새,
부처님 방금 다녀가신 듯한 여운

비린내를 거둬 실은 거룻배는 모두 바다로 나가고
육지에서 건너온 수많은 인파,

진한 화장으로
그들은 모두 조금씩 흘러내리는 향수병 같다.

남자로는 하나뿐인 외톨이,
나는 육지의 울릉도가 되다.

마침내 가장 빛나는 외로움으로 서다.

살

새벽안개에 젖어 있는 그대의 살은
인적이 가 닿지 않은 원시림 우거진
위험한 골짜기다.

어제 피었던 꽃에서 씨앗을 남기고,
오늘 다시 꽃잎을 여는
달밤같이 알싸한 꽃밭이다.

강기슭에 서성이는 그리움을
거두어 싣고 가는
빈 배,
그 뱃전에 부서지는 물 먹은 달빛이다.

그대의 살에 피어난 우단바라에
밤마다 은밀히 다녀간 별들의 발자국,
바람이 내려놓고 간 산비둘기 소리,
그 발자국,
그 비둘기 소리로
산문의 청기와에 피어난 우단바라다.

이제 살에서 피어난 꽃,
꽃에서 놀다 떠난 별은
바람 부는 강기슭을 사려서, 사려서
무지개로 걸어놓을 날 기다려 살리란다.

부재不在

이 가문 날에도 모랫벌에 눈 뜨는 한 잎의 생명,
바람이 부는지, 고요히 흔들리는 푸른 싹의
처절한 외로움을 향해

어디선가 총성이 울리고
불온 전단이 살포되고
마른번개가 치던
초여름의 늦은 밤,
청년들은 조선시대의 경복궁 과장에 나가서 돌아오지 않는다.

모랫벌 인근이 수류 만 리水流萬里지만,
물 먹은 모래톱 하나 없는
이 깡마른 대지에는
쓰개치마로 얼굴 가린 규수들만
세기말처럼 흔들리고 있을 뿐,

탄광을 거쳐 온 막차가 시커먼 경적과 함께
마을 앞에 당도.
하차 승객 하나 없고
열린 문으로 쏟아져 내리는

석탄 덤이
언제 불꽃으로 살아날지도 모르는,

가문 날의 한 잎
푸른 싹은 누구일까.

총성에 귀먹은 채
경복궁으로 간 사람들 언제쯤 돌아올까.

머리맡에 자리끼를 두고도 목이 타는 이,
하차해도 돌아 갈 집이 없는 이를 위해
한 시대의 거대한 손은
톱질을 멈출 기미가 없다.

씨앗

정성스레 모음과 자음을 고르고 가려서
흙에 묻었다.
몇 번인가 보름달이 뜨고 이슬이 내리고
눈비를 맞더니
바람 부는 아침, 실한 떡잎이 세상 위로 올라와
햇살을 맞는다.

한 톨
글의 씨앗이다.
사람들의 노래를 듣고, 눈물을 보면서
자라난 올망졸망한 어휘들이 달빛처럼 어깨동무를 하고
문장이 되어 숲을 이뤘다.

땅을 건너뛰어
강으로 흘러가면서
시가 되고 이야기가 되었다.
하늘이 되고
구름이 되어
가문 날 천둥과 함께 내리는 단비가 되었다.
신화처럼,

설화처럼,

초등학교 신입생이 된 딸아이를 기다려
재 너머로 눈길을 두시던 어머니의 안쓰러움이
이제는 매화보다 고운 눈빛을 지닌
딸의 동요를 들으면서
그 그늘에 안겼다.
봄에는 꽃빛이
여름에는 풋 열매가
가을에는 농익은 과일의 수밀향이
어머니의 가슴에 차고
겨울엔 묻어 둔 아랫목처럼
따끈했다.

그렇게
우리들의 씨앗은 실개천 둑을 지나
늙은 회나무가 내려다보는 언덕 아래
강물로 흘러가게 되었다.
넓디넓은 풀밭을 가꾸면서,

해바라기

이국에서 바다를 건너온 칸나는
여러 색깔 다원색으로 피고 지지만,
해바라기는 언제나
노오란 깃발을 달고 영 너머
미지의 세상을 동경하다 일생이 저문다.

해바라기는
불타는 태양의 시녀가 되고 싶은 염원,
오직 그 하나로 일생을 바친다.

그의 황색 족보에는 고려인의 피가 흘러
두만강부터 압록강,
한강, 금강을 거쳐
영산강, 섬진강, 낙동강과 어울려
삼면의 대양에서도 황색이다.
황색이 푸른 산하를 이끌고 온 나라.

인도양과 대서양보다 큰
태평양의 꽃, 해바라기는
고려인의 혼령으로

백두 천지에서 발원하여
세계에 스미는 한류의 물줄기가 된 오늘,
해바라기처럼 뜨거워진 반도엔
그믐밤에도 달이 뜨고
한 겨울에도 꽃은 핀다.

■ 洪江里 세 번째 시집

바람 부는 언덕에서

인   쇄 | 2019년 5월 10일
발   행 | 2019년 5월 20일

저   자 | 홍 강 리
주   소 | 충청북도 청주시 청원구 교서로210번길 11-2
           T. 010-6433-4103
           E-mail : kangri46@hanmail.net

제 작 처 | ❀ ㈜이화문화출판사
등록번호 | 제300-2015-92호
주   소 | 서울시 종로구 인사동길 12 대일빌딩 310호
           T. 02-732-7091~3(구입문의) F. 02-725-5153
홈페이지 | www.makebook.net

ISBN 979-11-5547-389-4

정가 10,000원